Ich hab die Unschuld kotzen sehen
Teil 2

UND WIR SCHEITERN IMMER SCHÖNER

Dirk Bernemann

1. Auflage Februar 2007
Titelbild: Ubooks, Fabian Ziegler
Bildquelle: www.photocase.de

Umschlaggestaltung: Ubooks &
Nadja Riedel, stilfusion
©opyright by Dirk Bernemann
Lektorat: Andreas Mayerle

ISBN-10: 3-86608-054-9
ISBN-13: 978-3-86608-54-6

Alle Rechte vorbehalten.
Ein Nachdruck oder eine andere
Verwertung ist nur mit schriftlicher
Genehmigung des Verlags gestattet.

Ubooks-Verlag
Dieselstr. 1
86420 Diedorf

www.ubooks.de

Was drin ist

1. Zielgruppendefinition .... Seite 5
2. Fickmensch .... Seite 9
3. Morgenkind (Stück in zwanzig Teilen) ...... Seite 17
4. Frau Klose und der liebe Gott .... Seite 27
5. Freiheit im Kettenkarussell .... Seite 34
6. Sex und Gegensex .... Seite 42
7. Szörti .... Seite 45
8. Schlachtfest .... Seite 50
9. Das Scherbenmädchen .... Seite 59
10. Der Weg weg .... Seite 64
11. Sentimentales Schnitzel .... Seite 70
12. Die letzten dreißig Sekunden .... Seite 77
13. Vier Finger Vergewaltigung .... Seite 81
14. Generation Kaffee Kippe .... Seite 91
15. Die Klingelschlampe von nebenan .... Seite 97
16. Valentins Tat .... Seite 102
17. Ungeborene Gedanken .... Seite 115
18. Selbstbezichtigungsschreiben .... Seite 118

Zielgruppendefinition

Der Mensch an sich ist Nichtswisser und Vielbehaupter.
Da bin ich keine Ausnahme.
Literatur für wen auch immer.
Für mich.
Für den, den es interessiert.
Für den, der es wissen will.
Für irgendwas Denkendes.
Für niemanden außer dem Mülleimer.
Für den, der noch nicht tot ist, noch nicht begraben unter
Unmenschlichkeit. Leer gemenscht. Totgemenscht.
Für untotes Gerümpel in Bewegung und sei sie auch nur
pseudogeistig.
Für die Philosophie und für die Mädchen.
Für die, die schön scheitern können.
Für dich.
Und wir scheitern immer schöner. Immer bunter. Immer
schneller.

Aaaahhh!!!
Gesellschaftskritik in Gesellschaftszwängen. Raus. Gefängnis. Turn it down! Smash the world around! Smash
capitalism! Now! Now! Now! Tu es jetzt und tu es richtig
und tu es gründlich! Aaahhh!!! Attacke. Welthirnkrieg.
Slowly getting damaged by life. Und ohne es zu merken,
wird der Boden unter uns zum Scheiterhaufen aufgetürmt.
Hat mal jemand Feuer? Klar.
Danke.

Schmerzverstärkerambiente. Umsehen. Mitlachen. Geht nicht? Langsamer werden. Bewusster werden.

Ein- und ausatmen. Bewusstseinsrepressalien. Schlimm, was aus Menschen werden kann. Leute, die Exkremente essen. Politiker, die reden. Mädchen, die lächeln.

Ich entschleunige mich. Bremse hier eine Spur ins geistige Hinterzimmer. Guten Tag.

Da, wo die Blumen blühen, will ich sein. Da, wo es schön und langsam leise ist. Wo man alles wahrnehmen kann, weil da wenig zum Wahrnehmen ist. Wo man Einzigartigkeit essen kann und Individualität atmen. Im Solidaritätskonzept. Alle gleich und gleich schön.

Wo ist das? Wo ist zu Hause? Seelenasyl.

«Ich bin auf der Suche nach Seelenasyl.
Ich brauche nicht viel Platz, verlange nicht viel.
Nur ein kleiner Platz am Wasser mit Schatten vielleicht,
mehr soll es nicht sein. Ich bin sicher, das reicht.»

Ich.

Ständig suchend. Suchen schon als Sucht. Ohne Suchen kein Sein. Ahnungslos. Bloß wissend, dass man unwissend ist. Keine neuen Erkenntnisse in Sachen Menschheit. Weitere Bestands- und Nahaufnahmen crashen bitterlich das Ego. Kaputte Synapsen. Angst kackt die Seele voll. Kuchen frisst mein Gedärm von innen. Leben ist wie Scherben essen und sich wundern, dass man Blut spuckt.

Ich habe im Keller der Menschheit Forschungen angestellt. Ganz unten bin ich gewesen, da, wo der Mensch die Basis weiß. Da stehe ich heute noch, weil man da viel erkennen kann.

Weiter oben ist nichts mehr, was sich lohnt. Dahin streckt der Mensch seine Arme aus, die er besser, mit seinen leeren Händen dran, dem Nebenmenschen reichen sollte. Gutmensch-Versuche.

Unterhalb des Menschen ist auch nichts. Alles ist neben ihm. Alles andere ist er selbst.

«Punkrock ist vorbei
und die Stimmen werden leiser.
Wir sind nicht mehr high,
dafür aber viel weiser.»

Ich.

Das wäre schön. Weisheit zu haben. Zu wissen. Antworten auf Zweifel. Kleine Injektionen Erkenntnis.

Und wir scheitern immer schöner ...
Versuchen wir unser Glück erneut in Menschlichkeit.
Und für wen ist jetzt dieses Buch? Für alle!!!
Also pisst mich nicht an, denn bald werde ich das Poster über euren Betten sein!

Vorhang auf!

Fickmensch

Hard to be a girl. So nice to be a boy.
In my room at night. Not a pretty site.
Here's an empty kiss ...
...
Hard to be a girl. That's what the oracle told me.
I don't care what she says.
I assume it's best to be lonely.

Adam Green – Hard to be a girl

Ich ficke die unbekannte Unschöne, eine, die gerade noch mal so geht. Ich habe eine Mitgenommene mitgenommen. Aus dem Tanzlokal der Verzweifelten in meine 3-Zimmer-Wohnung. Der Einfachheit halber.

Im Takt meiner Penispeitschenhiebe im vaginalen Raum quiekt sie vergnügt. Meine Reise ins Orgasmusland beginnt. Ihr Zug ist schon abgefahren. Ich versenke meinen Schwellkörper lieblos und mit viel Druck in ihrem Unterleib, und sie findet das geil. Ihre Schoßsuppe, ihre Geräusche und ihre Hände, die meinen Arsch klammernd festhalten, sind dafür ein eindeutiger Beweis. So tue ich doch was Gutes, denke ich so bei mir.

Sie wird entwürdigt. Sie ist mir scheißegal. Sie ist Objekt. Meine Erregung will sie verletzen, sie bäuchlings aufschlitzen, ihre Gedärme zerrühren, sie schmerzverzerrt und schmerzverstärkt liegen lassen und unvernünftigerweise Samen in sie schießen. Und sie? Sie genießt den Ekel, den ich ihr entgegenbringe, zuckt und schaudert im naiven Frohsinn. Testosteron blubbert in meinen Zellen.

Ihre Brüste sind klein und fest. Faszinierend ihre leichte Erregbarkeit. Dran geleckt und reingebissen. Wieder Quieken. Die derbe Gefickte ist außer sich und außerstande zu denken. Gut so.

Sie freut sich, dass sie lieblos gefickt wird. Ich stochere in ihr rum, nach meinem subjektiven Vergnügen. Meine nicht vorhandene Zärtlichkeit lässt sie aber fröhlich gestimmt, breitbeinig und breihirnig daliegen. Abreaktion meiner Lust im unbekannten Honigsee. Ihre Schamlippen klatschen Beifall. Und ich weiß, dass ich gut bin.

Ihre Vagina ist mächtig weit geöffnet. Als wollte sie mich fressen. Mein Leben fressen. Unweit ihres Innersten tauche ich ab und zu auf. Zeugt die Weite von einer Geburt oder von maximaler Frequentierung des Vaginalteils dieser Frau? Im Innenraum kaum Widerstand, kaum Reibung, aber viel unsagbar geile Wärme und Nässe um mich. Wie an den Wänden einer alten Turnhalle. Im Aquarium der Sinnlichkeit. Als nervöser Taucher. Egorammler. Sportficker.

I am the fucking FUCK-KING!!!

Ich ficke sie derb. Schnell und wild. Weiß genau, dass sie mich nerven wird, wenn ich fertig bin. Sobald mein Samen mich verlässt, bin ich wieder sozial behindert. Bin ich jetzt doch auch schon, nur die Gegenseitigkeit des Verlangens verbindet mich und die Fremde.

Ich habe sie aus der kleinen Dorfdisco mitgeschleppt. Es lief Plastikmusik für die Masse. Die tobte. Rieb sich aneinander. Wollte sich gegenseitig mit nach Hause nehmen, um ein bisschen fremden Menschenduft einzuatmen. Sich nicht ganz alleine fühlen. Schwitzend ficken und dann sterben.

Kam so um halb vier nachts, als nur noch Trash-Menschen am oder auf dem Dancefloor sich in alkoholisch verzweifeltem Tanzgebaren übten. Sah schlimm aus. Nur noch die Ungefickten, die niemand unterhalb eines gewissen Alkoholpegels anfassen mag, standen herum und schauten öffentlich romantisch oder gläsern besoffen.

Ja, ja, die Leber wächst mit ihren Aufgaben.

Da ich so was öfter mache, kenne ich meine Zielgruppe genau. Von vornherein war mein Ziel, bei einer Frau vorne reinzugehen. Manchmal hasse ich mich dafür, aber mein Erfolg gibt mir Recht. Noch keine meiner solchen selbst auferlegten Missionen schlug fehl. Immer fand ich was Ergebenes und Dankbares in Frauenform. Vagina, Brüste. Gehirn stört bloß.

Ich weiß, was die restlos Verbrauchten sich wünschen. Nur ein bisschen Wärme. Eine Stimme, die für Sekunden nur ihnen gehört. Einen Flirt mit mir halbwegs gut aussehendem Menschen.

Alkoholpegelmäßig sind meine Zielgruppenmädels meist schon über ihr Ziel hinaus. Sie sollten schon noch was merken, die Frauen, aber Betäubung ist auch wichtig. Soziale Hemmschwellen werden nichtig und der Blutdruck ist schön weit oben. Dank dem Alkohol. Der macht meine Missionen erst möglich. Alkohol und ein gewisses Maß an Mindestverzweiflung, dazu eine Prise Nicht-Klarkommen und Angst-vorm-Ungefickt-Sein. Perfekte Mixtur.

Hatte bei den ersten beiden keinen Erfolg. Frau Nr. 1 konnte weder sprechen noch laufen – normalerweise ideal! –, kotzte mir während eines einleitenden Gesprächs vor die Füße und fiel dann vom Barhocker auf den Boden. Ich ließ sie daliegen, sah Kotze, Blut, Tränen und Speichel sich vermengen und verschwand aus ihrem Blickfeld. War wohl besser. Bisschen Leben im Menschen sollte schon drin sein.

Frau Nr. 2 war interessant. Ich roch an ihrer Frisur und hatte sofort einen Megaständer. Sie war allerhöchstens fünfundzwanzig. Nur dann kam so´n Typ vom Klo wieder, guckte mich verachtungsvoll an und küsste das junge Ding auf den Kopf. Ein eindeutiges Zeichen dafür, besser zu verschwinden.

Weiblichkeit Nr. 3 war dann der erfolgreiche Abschluss der nächtlichen Suche. Ebenfalls mindestens 2,8 Promille. Ein Blick, der nicht mehr zielgerichtet war. Pluspunkt für mich war außerdem, dass sie mit einer Freundin da war, die schon jemanden gefunden hatte und mit dem sie knutschend und fummelnd, von Barhocker zu Barhocker, direkt neben ihr Zärtlichkeiten auszutauschen versuchte.

Vor sie hingestellt und mich dann vorgestellt. Falscher Name. Auf ein Getränk eingeladen, möglichst hochprozentig, und dann ein wenig einladend philosophiert. Die hohe Kunst der Pseudophilosophie. Sie sprang auf alle meine ausgesendeten Signale hundertprozentig an. Sie war wohl echt ziemlich verzweifelt. Ihr Name Anne. Vielleicht Anfang dreißig und einen Körper, an dem die Schwerkraft mit aller Gewalt zerrte. Magere Gestalt. Kleine, feste, formlose Brüste. Kurze, moderne Haare und im Gesicht mindestens fünfundzwanzig Jahre Langeweile eingemeißelt, davon zehn, die sie mit Alkohol und schlechtem Sex zu betäuben versuchte.

All das war mir egal, als wir uns entschieden, in meiner Wohnung noch was zu trinken. Zu besoffen zum Nein-Sagen. Perfekt.

Bereits im Taxi begannen sich unsere Zungen einen sinnlichen Kampf zu liefern. Sie stank dermaßen nach Schnaps, dass ich einige Pausen machen musste, um Vergiftungs- und Übelkeitserscheinungen vorzubeugen.

Ihre alles verzehrenden Küsse symbolisierten ihre Verzweiflung. So küssen nur Menschen, die sonst keiner küsst.

In meiner Wohnung ging sie erst mal pinkeln. Als sie vom Klo wiederkam, war sie erstaunlich sexualisiert. Fasste mir an den Hosenbund. Ihre kleinen, neugierigen Finger verschwanden dann in meiner Jeans, um da unkoordiniert und trotzdem wirkungsvoll meinen Schwanz zu stimulieren. Ich entledigte sie ihrer Oberbekleidung, und ihr käsiger Oberkörper kam zum Vorschein. Ihre besoffenen Augen glänzten vor Gier und sie flüsterte ein heiseres: «Fick mich, bitte!» Dass sie ‹bitte› hinzufügte, zeugte ebenfalls von der extremen Verzweiflung ihrer Gesamtpersönlichkeit.

Sie ins Schlafzimmer leitend, meine Hose verlierend, an ihrer herumschraubend, ihren kleinen Busen reibend, manifestierte sich meine Geilheit. Mein Penis pulsierte. Mein Sperma kochte bereits, und die vermehrungswütigen Zellen kribbelten von innen im Hodensack. Die Sacksuppe war angerichtet.

Dann lagen wir, nur noch unterhosenbekleidet, auf meinem Bett und erkundeten mit den Händen Genitalien und Poritzen des Gegenübers. Meine Finger an der fremden Haut. Die

Frau freute sich über Berührungen. Sie war so nass und tief wie ein Bergsee, und in ihrem Arsch fand ich unabgeputzte Reste ihrer Verdauung. Diese waren bestimmt schon einige Stunden alt, weil steinhart. Rausgezupft, zusammengerollt und weggeschnippt. Egal. Geilheit siegte, und ich drang irgendwann in sie ein. Auf der Suche nach Sekundenerfüllung. Sie ließ sich alles gefallen, auch dass ich ihr mehrfach Ohrfeigen gab. Einfach so, weil mein Gehirn aus war.

Irgendwann dann raus aus ihr und ihren Kopf in meine Körpermitte bewegt. Auch das machte sie einfach so mit, ohne den Hauch von Ekel oder Widerwillen. Mein Schwanz bewegte sich auf ihrer Zunge, und sie leckte mir freudig die Sacknaht. Ein eher unbehagliches Gefühl. Deswegen Ohrfeigen. Dann wieder vaginal. Ich beschlief ihre Ausdruckslosigkeit. Mit viel Härte, aber sie brauchte scheinbar all diese Reize, um ihrerseits Spaß zu haben. Sollte sie. Ihre Laute erregten mich ...

Dann quoll mein Ejakulat in ihren Unterleib. Befreiendes Zucken und Vermehrungssaft umspülte ihre Gebärmutter. Samen, die sagten: «Vergiss es!»

Ich muss hier raus. Aus diesem Körper. Aus diesem Leben. Ich habe verlernt zu lieben. Mein Schwanz folgte genau diesen Gedanken und wir verließen Anne gleichzeitig.

Fertig.
Plötzlich Aggressionen.
Ich befahl ihr, sich anzuziehen und schleunigst zu verschwinden. Sie war immer noch total besoffen. Mit ein paar Ohrfeigen verlieh ich meinen Forderungen die notwendige

Wirksamkeit. Sie torkelte in ihre Hose, fiel fast um dabei. Ich sah silberne Tränen, die auf meinem Fußboden zersprangen, und eine zerschlagene kleine Frau mit rötlich glänzenden Schamlippen, die sich nach Liebe sehnte.

Scheißegal.

Die muss jetzt weg.

Nochmals meine Worte: «Anziehen, verpissen!»

Ratlos suchte sie ihren Krempel zusammen, um sich in ihn zu integrieren.

Als sie fertig und bekleidet war, nur ein fragender Blick, auf den ich «Verschwinde!» antwortete.

Riesige Fragezeichen in kleinen, besoffenen, heulbereiten dummen Augen. Salziges Wasser schob sich durch Annes Netzhäute und ich die kleine Frau durch die Tür, wieder in ihre kleine, verzweifelte Welt. Draußen hörte ich sie leise fluchen, dann weinen. Irgendwann hörte ich dann Schritte, die ihr Verschwinden bestätigten.

Ich verstehe mich nicht. Die Nachvollziehbarkeit meiner eigenen Handlungen ist mir nicht wichtig. Wär doch schön, wenn da jemand wär, der länger bleibt als eine Nacht. Meiner eigenen Coolness halber wird dieser Gedanke vom Testosterongebaren weggespült. Ich kann mir keine Sentimentalitäten leisten. Die machen verletzbar. Und man weiß doch, was es heißt, verletzbar zu sein. Gerade als Mann. Nicht mehr wegkommen, hieße das, bewegungsunfähig sein, nicht mehr seine verdammten Schwingen spreizen und fortfliegen können. All das weggespült mit lähmenden Verletzungen.

Ich bin ein Fickmensch, kein Denkmensch. Mit diesem Wissen gehe ich schlafen und vergesse die Reste der Nacht. Aber da taucht noch ein Gedanke auf, so zwischen Schlaf und Wach-Sein, der mir sagt: «Meister der Schnellreflexion sind Meister des Selbstbetrugs.»

Ich möchte diesen Satz in mein Bewusstsein schreiben, bin aber zu schwach. Die Müdigkeit holt mich zu sich.

Morgenkind (Stück in zwanzig Teilen)

Barbie gefoltert
Viele britische Mädchen zwischen sieben und elf Jahren foltern ihre
Barbies: Sie verstümmeln oder enthaupten ihre Puppen oder lassen
sie in der Mikrowelle schmoren. Zu diesem Ergebnis kommt eine
Studie der Uni von Bath. Die Forscher erklären: Mädchen wenden
sich so mit dem Älterwerden von einem ‹babyhaften› Symbol ihrer
Kindheit ab.

Aus der Borkener Zeitung vom 29.12.2005

Wieder ein Morgen, wieder Aufstehen.
Wieder Widerstand.
Wieder niemand da.
Wieder Stille.
Leises Leben, doch kein Frieden in mir. Ich bin Protagonist
meiner unaufhaltsamen Lebensserie. Und wieder eine Folge,
in der nichts passiert, was mich weiterbringt. Jeden Tag aufs
Neue. Und irgendwie bin ich ein schlechter Darsteller im
eigenen Leben. Ich stelle mich nicht so dar, wie ich gerne
wäre, denn so, wie ich gerne wäre, kann ich wahrscheinlich
nie sein. Unvermögen und Selbstmitleid. Unscheinbar und
unverdächtig.
Das Trotteltier der Menschenherde.

Jeden Tag geh ich ins Bad und wasche ein Frauengesicht.
Dann male ich mir neue Gesichtszüge. Versuche, etwas
Gefühl zu zeichnen, aber da ist nur Verfall. Nur langsames
Altern. Die Maske, die ich mir mache, ist mein öffentliches
Versteck vor der grausamen Realität.

Verfall wird durch Kosmetik beschleunigt und ausgeglichen. Ich male mir jeden Morgen ein Gesicht, das nicht meins ist. Umrande betonend meine Augen mit schwarzem Kajal.

Puder.

Rouge.

Make-up, make me up, don't let me fall down!

Aber ich falle täglich tiefer in diesen Prozess des Alterns. Und das neue Gesicht strahlt nur künstlich. Ganz hinten ist es echt, aber was man sieht, ist Kunst.

Dann die Frisur. Der Versuch, aus toten Zellen Design zu machen. Ich gebe mir Mühe. Aber es ist noch niemandem gelungen, aus Scheiße Gold zu machen. Ich und meine Frisur sind Feinde. Ich trag mein Haar zwar kurz und kann es modern erscheinen lassen, aber es darf kein Hauch Wind zu viel durch die Atmosphäre strömen, sonst ist es wieder hin.

Das ist mein Beruf. Haare, Haarteile, schneiden, föhnen, tönen, verteilen, färben, lügen – «Diese Frisur steht Ihnen aber ausgezeichnet!» –, kassieren, Smalltalk und sich mies fühlen.

Jeden Tag.

Ohne emotionale Bindung. Da ist nichts zum Festhalten außer Kaffee und Zigaretten.

Und am Wochenende gebe ich meinen Körper frei. Und mein Gehirn macht Urlaub. Es fährt sogar ins Ausland, mein Gehirn, und träumt. Ich durchspüle es mit internationalen Spirituosen, und es freut sich, weil es nicht mehr über mein Leben nachzudenken braucht. Das ist ja auch viel zu anstrengend.

Smalltalk und ‹Smallalk› meint kurze Gespräche und kurze Getränke. Das ist der Lifestyle, der so langsam meinen Stolz zerbröselt.

Ich bin nicht mit Absicht oberflächlich, bin Opfer mangelnder Gehirn- und Körperbefruchtung.

Diese Wochenenden. Ich gehe dann meistens mit meiner Arbeitskollegin Sandra aus. Die ist fast so frustriert wie ich, allerdings sieht sie besser aus. Sie hat Haare wie aus Gold. Deswegen ist sie bei Männern meistens mehr gefragt als ich. Ich stehe fast immer dumm daneben und ertränke meine Gedanken an ein Wunschleben in kleinen Gläsern mit brennbaren Schnäpsen.

Mein Wunschleben ist aber gar nicht so abstrakt: ein Mann, zwei Kinder, ein Hausfrauendasein in einer Kleinstadt. Das Leben lang den Typen ficken, der einem ein Leben finanziert.

Und den Kindern sagen, wie was geht.

Wer, wie, was und so. Kein Problem. Das kann ich schaffen. Das ist doch nicht zu viel verlangt. Ich will Wochenenden ohne Schnaps, dafür mit ‹Wetten, dass ...› und einem Mann, der neben mir einschläft. Ich bin jetzt zweiunddreißig und habe Angst, dass sich die Tore schließen, bevor ich auf der richtigen Seite bin. Nur, wie komme ich dahin? Mein Versuchen wird verzweifelter von Mal zu Mal. Keine Liebeslieder. Nur die Oberfläche angekratzt. Und allen Tiefgang wegbetäubt.

Saalwette in mir: Thomas Gottschalk tönt mir subversiv grinsend ins Gesicht: «Wetten, dass Sie es nicht schaffen, glücklich zu werden! Top, die Wette gilt.» Und dann der

Psychoton, der jede Konzentration auf gesetzte und geschätzte Ziele hemmt.

Die Versuche, einen Lebensteiler zu finden, endeten bislang immer tragisch. Keine Beziehung hielt ein Jahr. Kein Mann mit ehrlichem Interesse. Irgendwann ein Schutzwall aus Ablehnung um mich installiert und doch ein verzehrendes, sehnsuchtsvolles Ich in mir. Sehnsucht nach Berührungen aus Liebe. Nach Händen, die mich tragen wollen.

Nach Ehrlichkeit und Treue und ein Leben ohne aufgemalte Fassade. Dass da einer kommt, der das, was unter meiner Aufgemaltheit steckt, schätzt und für gut befindet. Diese Vorstellung scheint mir so realistisch wie Atmen unter Wasser.

Letztes Wochenende hatte ich nach langer Zeit mal wieder Sex. Sandra und ich waren mal wieder ziemlich betrunken und besuchten eine Diskothek. Ich versuchte, erotisch zu tanzen und gab mich so der Lächerlichkeit des öffentlichen Auges preis. Goldfrisur Sandra setzte sich lediglich an den Tresen und musste nicht mal mehr zahlen fürs schnelle Betrunken- und Geleckt-Werden.

Doch dann kam einer und schenkte mir einige Minuten und sein ungeteiltes Interesse. In mir ging ein Feuer an und ich dann mit ihm nach Hause.

Wir haben gefickt wie die Straßenköter, aber dann hat er sein Interesse revidiert und mich vor die Tür gesetzt. Ich war mit einer Hoffnung gesegnet, die im selben Augenblick zertreten wurde. Ein kleines Gefühl, wie eine aufkeimende Pflanze dahingerafft vom Spaten der Realität. Umgenietet. Für falsch befunden. Risse im Kopf aus Sehnsucht und doch keine Hoffnung.

Seine Berührungen haben mich multipel orgasmatisiert. Sein Schwanz hat mich ausgefüllt. Er hat mich um den Verstand gepoppt, der dann wiederkam, als ich halb angezogen und verstört in seinem Treppenhaus stand und es mehr kalt als Liebe war.

Ich bin dann nach Hause und hab mich nett vergewaltigt gefühlt. Ich habe trotzdem gut geschlafen.

Das ist jetzt fünf Tage her und jetzt ist wieder Alltag. Graue Suppe hängt jeden Morgen am Himmel und auf den Straßen. Jeden Morgen sieht es gleich aus. Es ist Herbst, der Winter kommt, der Wind ist kalt, die Stadt wirkt zerbombt. Aber es ist kein Krieg, sondern Sehnsucht.

Ich verlasse nach drei Tassen Kaffee und vier Filterzigaretten meine kleine Mietwohnung, um mit dem Wagen Richtung Friseursalon zu fahren. Letzte Kontrollblicke in den Spiegel haben mir gesagt: «Anders geht's nicht, Tussi, vergiss das Schönsein in diesem Leben!» Ich hasse mein morgendliches Spiegelbild. Ich erkenne mich manchmal unter meiner Kosmetik nicht wieder. Wo bin ich eigentlich?

Gedankenverloren besteige ich meinen Kleinwagen. Musik an. Technobässe zerreißen meine Gedanken. Zersplittern die Stränge meiner Gehirnwindungen. Das fühlt sich gut an. Das Leben ist wieder ein wenig rhythmischer als zuvor. So muss ich weniger denken. Nur hin zum Salon. Ich muss mich ein wenig beeilen. Ich parke aus, drehe die Musik lauter und fahre. Verlasse den Ort. Die Bässe dringen in mich ein. Ich fahre auf eine Landstraße. Die Bässe ficken mich. Dringen durch mein Ohr. Besänftigen mein Gehirn. Ich beschleunige den Wagen. Der Morgen hat einen Rhythmus. Es passt mir wieder ein wenig mehr, ich zu sein. Das kommt vom Weniger-drüber-Nachdenken, wer ich denn eigentlich bin. Ich suche in meiner Handtasche meine Filterzigaretten.

Als ich eine aus der Tasche fingere, fährt vor mir ein Kind Fahrrad. Direkt vor mir fährt ein Kind auf dieser Landstraße. Ich schreie und schließe die Augen.

Bremse.

Spüre den Aufprall eines Körpers auf der Windschutzscheibe. Es ist ein dumpfes Geräusch ähnlich einem Bassschlag der Musik.

Nur viel lauter.

Dann merke ich noch, wie mein Wagen etwas überfährt. Irgendetwas bricht auseinander. Ich komme zum Stehen. Die Geräusche multiplizieren sich in meinem Kopf und lösen auf der Stelle panischen Wahnsinn aus.

Mein Herz schlägt nicht mehr in meiner Brust, sondern hauptsächlich in meinem Kopf. Ich atme stoßweise. Habe meine Augen immer noch geschlossen. Mir fehlt der Mut, sie zu öffnen. Ich schwitze und mir ist kalt. Meine Hände am Lenkrad, in einer eine Zigarette. Meine Angst lässt meinen Puls vibrieren.

Dann aber doch: Augen auf. Im Rückspiegel erkenne ich ein deformiertes, blaues Kinderfahrrad. Ein Rad dreht sich noch. Daneben liegt ein kleiner Körper mit auffällig flachem Kopf. Rundherum Blut. Da bewegt sich gar nichts. Grau-weiße Nebelschwaden zirkulieren um Kind und Fahrrad. Zurück bleibt hemmende und hämmernde Angst.

Ich steige aus. Meine Beine halten mich nicht aus und ich falle auf die Straße neben mein Auto. Dann überkommt mich Panik und Handlungszwang. Ich richte mich auf, gehe auf das Kind zu. Da liegt es deformiert auf der Straße. Knochenbrüche lassen die Gestalt des Kindes wie von Picasso gemalt wirken. Ganz abstrakt und gar nicht mehr Mensch.

Die Menschlichkeit weggebrochen. Entfremdet vom Sein.

Aus dem Kopf des Kindes sickert dunkelrotes Blut und irgendwas Gelbes. Großhirnflüssigkeit, denke ich. Denksaft rieselt die Straße entlang. Die Fließgeschwindigkeit dieser Kopfflüssigkeit ist rasant. Es verteilt sich schon im Straßengraben. Das Kind scheint tot zu sein. Beuge mich runter und fasse es an. Es hat einen brauen Anorak an und ist vielleicht sieben Jahre alt.

Ich drehe den leichten Körper, den ich für schwerer hielt, um und sehe in ein Gesicht, in dem nichts mehr an seinem Platz ist. Ein leerer Blick, ein geöffneter Mund, keine kleine Nase. Das Gesicht ist eine einzige Wunde. Eine tödliche Wunde. Und es sickert unaufhörlich weiter. Über meine Schuhe. Das Kind sickert mich voll.

Gedankenlos hebe ich das Kind auf. Trage es zu meinem Auto. Öffne den Kofferraum und werfe den toten Körper hinein.

Klappe zu.

Dann gehe ich zum Fahrrad und werfe es über den Straßengraben auf den dahinter liegenden Acker. Wieder zurück zum Auto. An dem ist kaum was kaputt. Die Stoßstange ein wenig eingedrückt. Und ein paar Haare kleben dran. Sonst nix.

Ich zittere. Einen Gedanken zu weit gedacht.

Ich will nicht schuld sein, denke ich.

Ich will hier weg, denke ich auch.

Das Kind ist tot, denke ich, als ich wieder losfahre – und zwar in die Richtung, aus der ich kam. Mein Kopf lässt meinen Körper per Zufallsprinzip reagieren. Die nächste Idee ist immer die richtige. Affektgesteuert. Instinktiv. Ich bin ein Tier. Ich töte wie ein Tier. Weit entfernt davon, ein Mensch zu sein.

Musik an. Die Fahrt ist eine schnelle. Niemand hat's gesehen. Es gibt keine Zeugen. Jetzt bloß keine Fehler machen. Mein Leben ist zu Ende. Auf der Suche nach rechtfertigenden Gedanken beschleunige ich die Fahrt. Nach Hause.

Kind in die Gefriertruhe?

Kind zersägen?

Kind vergraben?

Zur Polizei und alles weinend erzählen und das Leben im Gefängnis enden lassen? Gedanken rasen. Nur keine Schuldgefühle. Da kommt nichts. Ich rauche auf der Heimfahrt fünf Zigaretten.

An meiner Wohnung angekommen, parke ich ein und steige aus. Erst mal nach oben. Ich denke an den Inhalt meines Kofferraumes und mir wird schlecht und der Inhalt meines Magens will raus.

Meine Wohnungstür quietscht öffentlich. Angekommen. Toilette. Deckel auf. Minutenlanges Würgen. Ich kotze mich aus. Unverdautes verlässt mich. Dann liege ich neben der Toilette und versuche mich in helfende Gedanken zu retten.

Ich rufe zitternd im Salon an.

«Salon Beauty Hair, Katharina, guten Tag.»

«Kati, hier ist Anne, du hör mal, ich kann heut nicht kommen, bin total erkältet, mit Fieber und so ...»

«Gut, ich sag's der Chefin, hörst dich ja gar nicht gut an, Mädchen.»

«Mir geht's auch echt mies, muss wieder ins Bett. Meld mich noch mal, wenn ich beim Arzt war.»

«Is gut, Schätzchen. Gute Besserung.»

«Ich hab ein Kind umgebracht.» Sie hat schon vor dem entscheidenden Satz aufgelegt.

Als ich dann abends vor dem Fernseher saß und eine Quizshow guckte, hatte ich bereits ein zersägtes, zwanzigteiliges Kind in meinem Gefrierschrank. Und zwar in folgender Beutelverteilung:

Teil 1:   linke Schädelhälfte mit Gehirnsuppe
Teil 2:   rechte Schädelhälfte mit Gehirnsuppe
Teil 3:   Halswirbelsäule, inklusive äußerer Hautlappen
Teil 4:   Schulter links bis ungefähr zur Brust
Teil 5:   Schulter rechts bis ungefähr zur Brust
Teil 6:   Brustkorb, mehrfach gebrochen + Organpüree
Teil 7:   linker Arm, einfach gebrochen
Teil 8:   rechter Arm, einfach gebrochen
Teil 9:   halber Oberschenkel rechts
Teil 10:   Restschnitt Oberschenkel rechts
Teil 11:   halber Oberschenkel links
Teil 12:   Restschnitt Oberschenkel links
Teil 13:   Organ- und Knochenpüree
Teil 14:   Organ- und Knochenpüree
Teil 15:   Organ- und Knochenpüree
Teil 16:   Bauchfleisch
Teil 17:   Wirbelteile

Teil 18:	Wirbelteile
Teil 19:	Kleinteile wie Knochen, Knorpel, Gelenke
Teil 20:	Resthaut, Blut, Verkrustungen, Flüssigkeiten, Genbestände,
	was weiß ich ...

Das habe ich auf einen Zettel geschrieben und dann in große Gefriertüten portioniert. Meine Küchenmaschine ist kaputt.

Die Küche ist wieder sauber. Ein zwanzigteiliger Siebenjähriger wohnt in einem Gefrierschrank in der Küche bei minus achtzehn Grad. Bei diesem Gedanken wird mir noch lange nicht kalt.

Kopf on.

Gefühl off.

Forever.

Das Kind ist jetzt bei mir, in meinem Gefrierschrank.

Das will ich nach und nach wegschmeißen, um wieder Platz für Gemüse zu machen.

Frau Klose und der liebe Gott

Ich: «Halleluja, Halleluja!»
Alle: «Halleluja, Halleluja!»
Ich: «Amen!»
Alle: «Amen!»
Ich (in Gedanken): «Wollt ihr den totalen Krieg?»
Alle (in Gedanken): «Jaaaaa!»

Meine Gemeinde ist geisteskrank. Dreht sich um ihre Moral und begeistert sich fürs Christentum, und wenn man dann in eine Familie geht, bemerkt man unter der Oberfläche Psychoterror, geschlagene Frauen, fremdgehende Männer, irgendwelche Druckmittel, um Familien augenscheinlich aufrechtzuerhalten.

Ich bin ihr geistloser Geistlicher und verzweifle an all diesem menschlichen Elend, was wirklich gut versteckt im Bürgertum immer wieder sichtbar wird. Diese kleinen Perfektionsschweine. Alles schon gesehen, alles wissend. Alles gelesen. Mit jedem schon gesprochen. Köpfe voll mit sinnlosen Informationen.

Da sitzen meine schizoiden Lämmer und schreien nach Erlösung für ihre verkommenen Existenzen. Beten sich sonntäglich um ihren ärmlichen Verstand. Gucken sackdumm gen Altar und warten auf Wunder, die nicht kommen werden. Loben Gott in ihrer christlichen Verzweiflung.

Ich bin katholisch-schizophren. Ich halte eine Messe, mit den Leuten, die hier sind, um ihr Gewissen durchzuspülen.

Beten soll ja helfen. Ich bin der, der hinterm Altar steht und all diese armen, abgetriebenen Lämmer grundlegend verarscht. Mit diesem Wissen stehe ich hier und es tut ein wenig weh, aber Menschsein bedeutet scheinbar all das.

Sie setzen sich hin. Sie stehen auf. Sie machen eine Stunde, was ich will. Sie hören mir zu. Sie glauben mir, wenn ich Brot teile, dass darin Jesus wohnt. Unglaublich. Und der Wein ist das Blut, natürlich. Religion ist die Krücke der Hoffnungslosen, Gott der letzte Gesprächspartner. All das erscheint mir mit voranschreitendem Leben und Wissen als Farce. Tragik. Drama.

Obwohl ich an Gott glaube, verachte ich, was ich tue. Meine Wahrheit ist nicht die Wahrheit der Katholiken. Gott ist für mich in anderen Dingen. Er wohnt in guten Gesprächen, in guten Filmen, in klassischer Musik und in schwerem Wein. Aber als nicht papstkonformer katholischer Geistlicher hat man hier auf dem Land einfach verschissen. Also spiele ich ein wenig mit, und alle lassen mich in Ruhe. Aber die Zweifel werden nicht müde. Der Gedanke, dass ich mein Leben verschenke, lässt mich nicht in Frieden dumm sein.

Ich mag die Menschen an und für sich. Die Moralisten, Faschisten, Molkebauern dieser Gemeinde sind meine Front. Vor ihnen präsentiere ich das heilige Wort. Unabdingbare Dinge.

Sie glauben.

Ich lüge.

Sie glauben.

Ich Schwein.

Ausgesprochen unaussprechlich dies. Diese Diskrepanz zwischen Stimmung und Wirklichkeit. Spoken words for broken people, würde ein Brite in meiner Lage wohl sagen.

Während meines Theologiestudiums war ich nie Sklave des Zweifels. Ich habe gekifft, gesoffen und gefickt, und Gott fand all das super, weil es mich weiterbrachte. Ich war und bin Gott sehr nah. Dann kam die Überzeugung des Katholizismus in mich. Ich hatte die Vorstellung in mir, ich erreiche durch die katholische Parole 'ne Menge Menschen mit Gottes guten Worten. Soziabilität ins Volk beten wollte ich.

Geweiht wurde ich, und Gott fand auch das gut. Es gab keinerlei Negativemotionen. Gott und ich: A Team for human revolution! Ich erblühte neu, doch in mir eigentlich ein eingeklemmter Grundzweifel.

Dann kam die Erkenntnis und ja, es tat weh. Die Erkenntnis war freiheitsberaubend. Ich fing an zu denken und sah: Scheiße, der Apparat hat mich sich einverleibt. Kein Gebet hilft mehr.

Und jetzt, Jahre später, bin ich in diesem Scheißsystem gefangen. Langsam checke ich meinen Irrtum, mich der organisierten Kirche anvertraut zu haben. Aber raus kann ich auch nicht mehr. Gefangen in meiner christlich-naiven Solomoral. Nehme aber meinen Job seit dieser Erkenntnis nicht mehr wirklich ernst, zumindest nicht den offiziellen Kirchenteil, den menschlichen schon.

Bischöfe und Kardinäle mögen keine Freidenker wie mich. Ich bin schon sechsmal versetzt worden. Zuletzt in dieses Bauerndorf.

Mein einziges Glück besteht darin, den Menschen emotional beizustehen und Frau Klose, meine Haushälterin, zu ficken. Wir machen da so'n Zeug im Sadomaso-Bereich. Nicht nur bloßer Verkehr, sondern ziemlich authentisch gespielte menschliche Erniedrigung. Sozusagen als Ausgleich zu meinem Gutmensch-Sein. Frau Klose versteht mich.

Gestern brauchte wieder eine Familie meine Güte. Deren Kind ist verschwunden. Einzig und allein eine Blutspur und ein kaputtes Fahrrad bezeugen, dass da mal ein Kind war. Aber keine Leiche. Kein Kind. Niemand weiß, ob dieses Geschöpf noch lebt.

Die Eltern, der große Bruder, diese Leute betreue ich lieber mit meinen als mit Gottes Worten. Gott hat für diesen Schmerz keine Worte außer so Floskeln wie: «Ey, kein Problem. Verlasst euch auf mich. Geht schon gut. Paradies für alle. Ohne Sorge.» Das ist einfach nicht genug. Diesen Leuten kann ich keine Bibeltexte vorlesen. Ich kann ihre Hände halten und ihre Tränen zählen. Sonst nichts. Trost gibt es für so was nicht.

Ich sitze in der Sakristei und zähle Hostien. Hab mir 'ne Flasche Messwein aufgemacht. Schmeckt nicht, aber schafft Abstand zur Realität.

Bald ist Weihnachten. Dann kommen sie alle wieder und blockieren die Reihen der Kirche. Da sitzen sie dann und starren mich an, und ich will ihnen in ihre Scheißgesichter schreien und ihre Gebisse in den Hals schlagen. Schweine mit Menschenfassade. Und doch sage ich nur «Halleluja!» und «Amen!» und wünsche den Pissern ein frohes Fest. Meine aber eigentlich: Denkt nicht nur an euch, try to think international. Seid gut zueinander. Ich weiß, dass ihr es nicht seid. Ich kenne eure Beichten.

Ich gehe nach Hause. Frau Klose erwartet mich bereits in einem schwarzen Lackkostüm und einer neunschwänzigen Peitsche in der Hand. So steht sie in der Küche und guckt gierig. Es liegt eine sexuell angespannte Stimmung in der Luft. Frau Kloses Blick ist daran schuld und sie bohrt ihn durch meine Netzhäute. Ihre Anwesenheit erregt mich und tackert Flügel an die Phantasie, die losfliegen will, doch von Frau Kloses Gebrüll unterbrochen wird.

Sie schreit mich an, ich solle mich ausziehen. Sie verleiht dieser Forderung mit Schlägen Nachdruck. Ihre kleine, zarte, flache Hand fliegt mir entgegen. Ins Gesicht. Auf die Hände. Frau Kloses Blick ist unerbittlich. Ich öffne meine Hose, ziehe sie runter. Dann verlässt mein weißes Hemd meinen Körper, gleitet auf den Boden. Frau Kloses Blick bohrt sich beständig und trocken in meine Augen.

Ich stehe nackt vor ihr. «Umdrehen!», schreit sie. Ich kehre ihr den Rücken zu. Ich habe eine krasse Erektion und dementsprechend wenig Blut im Hirn. Dann spüre ich, wie etwas Hartes, Kaltes in meinen Enddarm fährt. Es ist ein Dildo. Frau Klose bedient ihn. Er ist sehr leise und neu. Er tut weh. Frau Klose tritt heftig in meine Kniekehlen und ich gehe zu Boden. Der Dildo fährt geräuscharm aus meinem Arsch. Ich schreie kurz auf. «Maul halten!», brüllt Domina Klose und: «Auf den Rücken legen!»

Ich tue, wie mir aufgetragen. Meine lackierte Haushälterin setzt sich auf meine Erektion, die millimeterweise in ihr verschwindet. «Bewegung!», schreit sie mich an und schlägt mir den blutigen, nach Scheiße stinkenden Dildo auf die Lippen. Ich beginne sie zu penetrieren. Mein Unterleib bohrt sich in ihren. Sie verzieht keine Miene. Guckt nur neutral böse. «Schneller!», brüllt sie, und in ihrem harten Gesicht bewegt sich lediglich kurz ihr kleiner, schmallippiger Mund. Ich mache Tempo. Ich ficke sie, als ginge es um mein Leben. Geht es wahrscheinlich auch. Hin und wieder schlägt sie mir mit dem Plastikpimmel oder mit ihrer Hand ins Gesicht. Ich bin in Fahrt. Sie spürt nichts. Ihre neutrale Kälte schimmert böse, bis ...

... ich komme. Ein rasender Orgasmus saust durch mich durch. Ich vibriere in ihr, doch sie guckt ausschließlich angeekelt. Ich segne sie mit meinem Ejakulat. Halleluja. Mein Samen auf der Flucht vor mir, Vermehrungswille inklusive. Ich zucke und mein Gehirn geht aus. Mein Sperma fliegt vogelgleich durch die Luft, das meiste davon aber hat Klose vaginal eingesaugt. Etwas geht daneben und macht weiße Sprenkel auf ihr Lackdress. Leicht zu reinigen, denke ich. «Pottsau, ablecken!», krakeelt Klose. Ich bin fertig, aber auch diesen Wunsch erfülle ich ihr. Meine Zunge reinigt ihr Kleid.

Später sitze ich am Schreibtisch und arbeite den Messdienerplan für die diesjährigen Weihnachtsmessen aus. Der absolut untalentierte Kirchenchor will mal wieder das Hochamt am 1. Weihnachtsfeiertag gestalten. Jeder weiß, dass der Chor unendlich beschissen klingt. Der Vorsitzende vom Kirchenchor ist aber der 2. Vorsitzende des CDU-Ortsvereins, und das legitimiert alles. Alles ist scheiße in dieser Gemeinde.

Frau Klose betritt den Raum. Sagt nichts. Sie stellt eine Tasse Kaffee auf meinen Schreibtisch, lächelt dienstlich und verschwindet.

Das Leben ist, wie das Leben ist. Und auch Frau Klose ist ein Mensch.

Freiheit im Kettenkarussell

Für Momente nur zu fliegen ist primitiv. Ich will einen Flug als Leben. Aber alles, was ich bekomme, sind Abstürze.

Aufpralle.

Gegenoffensiven.

Egoschlachtungen.

Bohrungen in meinem Bewusstsein. Da bin ich lieber Lügner. Und simpel unfähig.

Meine Kindheit, eine Heuchelei. Der Sohn eines katholischen Pfarrers und seiner Haushälterin. Die hat mich in die Welt geschissen. Vom Heiligen Geist gefickt. Ziemlich schnell ins Heim, denn ich bin eine verbotene Existenz. Der Heiligenschein sollte gewahrt werden. Scheinscheißer. Alles ging damals unbürokratisch ab und meine Identität wurde einfach verkannt. Aber durch eine kleine Aktennotiz bin ich irgendwann schlauer geworden und wusste, woher ich kam. Doch die Menschen, die mich gemacht haben, sind mir egal. Zu denen will ich nicht zurück. Die Gene sind purer Zufall, so wie meine Gedanken und mein Sein.

Die Heimzeit. Die Hölle im Viererzimmer. Neben schwer Erziehbaren wird man schwer erziehbar. Das Milieu hat mich geformt. Dresche von kleinen Mitbewohnern. Arschfickaktionen von so genannten Sozialarbeitern. Kaum ein Versuch, mich zu sozialisieren. Dafür war wohl kein Geld da, und meine entnervten Erzieher schlugen lieber drauflos mit Schuhen oder irgendwelchen Rührstäben aus der Küche. Es wurde viel geschlagen. Irgendwann habe ich kapiert, dass Tränen zu weinen nichts bringt, denn auch dann wird geschlagen, sogar manchmal erst recht dann. Meine Haut, die Aggressionsfläche, auf der sich Pädagogen austobten.

Schläge, die nicht töten, härten ab. Die kleinen Narben und Wunden wurden Wut. Blutige Wut. Ich riss Kabel aus der Wand, schmiss Fernseher um. Schlug mit Stangen um mich.

Traf Köpfe.

Sah Blut.

Hatte Spaß.

Die wilde Kindheit.

Therapieversuche. Psychiater bohren sich mit drängenden Fragen in die Hirnwindungen. Ich wurde psychopenetriert. Wozu sollte das gut sein? Ich sagte ihnen, was sie hören wollten, und hatte dann meine Ruhe vor den Studierten. Die saßen einfach vor mir und guckten durch mich durch. Denen war ich doch mehr als egal.

Dann war ich zwölf. Draußen war eine unbekannte Weite. Dort hinaus wollte ich. Ich ging einfach. Mit dem, was ich am Körper trug und unbändiger Gesellschaftsaggression wegen Heimrepression. Und ein paar Euro erpresstem Geld. Eine gammelige Zahnbürste nahm ich auch noch mit. Ich habe schon immer viel Wert auf Mundhygiene gelegt. Beziehungsweise bin ich vom Heimpersonal so dressiert worden, und durch diesen frühkindlichen Stress habe ich einen Zahnputzzwang entwickelt. Trotz sonstiger vollkommener Verkommenheit.

Ich hing dann zwei Jahre mit Punks rum. Obdachlose bunte Jugendliche. Schnorren. Klauen. Dann saufen, kiffen oder schnüffeln. Mein Kopf, mein Bewusstsein betäubt.

Das Draußen-Sein bedeutete eine riesige Freiheit. Ich war ein guter Schnorrer. Erfolgreich im Nehmen. Sozialstaatliches Bekommen war ja nicht drin. Also der direkte Weg auf der Straße. Und ich merkte, dass geheuchelte Freundlichkeit einem Bierdosen einbrachte. Sehr oft wurde ich aber auch beleidigt oder zum Arbeiten geschickt oder ins KZ gewünscht.

Stress mit Bullen und Faschos gab's auch oft. Platzverweise von den Grünen und ein paar aufs Maul von den Braunen. Die Präsenz der Nazibande machte auf mich Eindruck. Scheiß auf Politik, aber die Frisuren waren geil und auch das Outfit fand ich super. Da sah alles so sauber aus, und ich sehnte mich nach Sauberkeit.

Wollte hygienische Richtlinien für mich. Das Chaos in meinem Kopf stellte mich auf harte Proben. Weg vom Buntschmuddel, war dann meine Entscheidung, denn ich brauchte gewaschene Alternativen, dachte ich. Und diese Alternative hatte sich gewaschen. Hinein in den deutschen Geist.

Ich entfernte mich also vom Punklager. Ging einfach nicht mehr zu den Treffpunkten, ignorierte aufgebaute Kontakte und Freundschaften. Suchte stattdessen Kontakte bei den Neonazis. Das war leichter, als gedacht. Die waren ja überall. Die haben mich ja fast gesucht. Mit dem Anschluss an die Neonazibande hatte ich auch ein wenig Erfolg im Dasein. Verbunden mit einer deutschen Identität, die mir an und für sich scheißegal war, aber ich stand auf die Kameradschaft und verstand sie. Mein Aufgenommen-Werden war für mich ein soziales Fest. Akzeptanz sondergleichen. Ihnen war egal, woher ich komme.

Man besorgte mir Klamotten, Bücher, die ich nicht verstand, und einen Rasierapparat für die Frisur. Beziehungsweise war es ein Apparat gegen die Frisur. Außerdem bekam ich Wohnrecht in einem Gebäude, wo viele von uns kleinen Neonazis gezüchtet wurden. Die kamen von überall und alle waren damit so zufrieden wie ich. Ein Musterbeispiel an Jugendarbeit. Die Neonazis kümmerten sich um mich und meine Belange wie Eltern, die an mich glauben.

Man wollte mir diese politische Meinung aufzwingen, und da ich bis dato keine solche hatte, nahm ich diese dankend an. Ich gewann 'ne Menge Feinde dazu: Ausländer, Juden, Kapitalisten, Hippies, Behinderte, schweinesystemverteidigende Polizisten, Linksradikale, Penner und sonstiges Gesindel, das nicht ins deutsche Weltbild passte. Ich schwenkte auf Demos 'ne Reichskriegsflagge, grüßte mit gestrecktem Arm irgendeinen Führer und war froh, wenn meine Kameraden mir Bier rüberwarfen und ich keine Sachen mehr gefragt wurde, von denen ich eh keine Ahnung hatte.

Zusammenstehen.

Alle miteinander.

Mit einem einzigen Gedanken. Es ist wirklich faszinierend, wenn über hundert Gehirne gleichzeitig einen einzigen Gedanken denken.

«Sieg Heil», «Maul halten», «Aufs Maul» und «Bier rüber» waren zu dieser Zeit meine wichtigsten und vor allem akzeptiertesten angewendeten Sprachfetzen. Ich war gut in dem, was ich tat, und bekam die notwendige Anerkennung, die mich aufrecht hielt. Mittlerweile war ich dann siebzehn geworden in dieser Gruppe. Ich war ein gepflegtes Arschloch mit Kurzhaarfrisur und Aggressionen fremdbestimmter Richtung. Nazischläger. Na und? Hauptsache, ich bin irgendwer. Irgendwas für irgendwen zu sein, ist zu schwierig geworden, aber überhaupt irgendwer zu sein ist auch gut. Fühlt sich gut an. Wie geputzte Zähne.

In dieser Zeit tötete ich einen Menschen. Und viele verletzte ich willentlich. Man wird ja auch mal angegriffen und muss sich dann wehren. Das habe ich gelernt, weil ich ja einer von ganz unten bin. Und dann noch nach unten treten zu können, ist ja wohl die Erfüllung schlechthin. Bislang gab es niemand unter mir. Nur 'ne Menge über mir und irgendwas neben mir, was mich anekelte, weil es mir zu ähnlich war.

Meine Leiche im mentalen Keller entstand bei einer Massenprügelei. Ein schlafender Türke neben dem Bahnhof. Wir waren sieben. Sein Kopf danach nicht als solcher wiederzuerkennen. Ich glaube, ich gab ihm den entscheidenden Schädel zerteilenden Schlag. Eine Eisenstange in meiner Hand. Ich weiß, wie es klingt, wenn ein Schädel aufgeht, und das war so ein Geräusch nach meinem Schlag.

Ich wurde oft auch als Ordner eingesetzt bei Demos. Auftraggeber NPD. Die eigenen Jungs im Zaum halten. Aber Disziplin hatten sie meistens im deutschen Blut. In Reih und Glied marschierten wir durch Metropolen und Zwergenstädte. Trommler. Fahnenschwenker. Linientreue Kumpels. Kameraden mit Blick in meine Richtung, die Interesse an meinem Fortbestehen zu haben schienen.

Außerdem war ich Wahlkampfhelfer oben genannter Partei in Sachsen. Für den Wahlerfolg wurden wir reichlich belohnt, aber auch danach war Politik nichts für mich. Die Straße, auf der ich gehe, ist meine Heimat.

Dann wurde mir weiterer Aktionismus angeboten. Was wegsprengen. Ein linkes Jugendzentrum, in dem Nahostler und Linkswichser sich gegenseitig Sex und Drogen anbieten. Schwule Judennigger allerorts. So ist es mir gesagt und angetragen worden. Da war ich dabei, das Ding zu zertreten. Um Ordnung in meinem Kopf zu haben, musste ich Ordnung in meinem Umfeld schaffen, und aus lauter Dankbarkeit für die zwischenmenschliche Zärtlichkeit der Auftraggeber ging ich mit und leider ...

... dabei auch den Bullen ins Netz. Alle Waffen und Sprengeinheiten wurden bei mir gelagert. Und bei uns war ein V-Mann von den Bullen eingestiegen. Unbemerkt von jedem. Mein Hocharbeiten hatte ein Ende, und die Polizei kam eines Morgens in mein Zimmer. Sie fanden alles, und alles war verboten. Nahmen mir meine Fahnen, meine Musik, die ganzen Waffen und den Plan zum Wegsprengen mit.

Was man nicht alles weiß, wenn man's vorher erfährt, nicht wahr? Aber ich habe ja kein Gewissen, nicht mal ein schlechtes.

Mad in Germany. Verrückt nach Deutschland sei ich, war der Richterspruch. Der Richter, der keinen Deut verstand, von dem, was ich wirklich bin.

Ich kam in den Knast, und keiner meiner alten Kameraden sah nach mir.

Saueinsam.

Fast verreckend an der Saueinsamkeit, weil da doch kurz vorher was war, was mich lebendig hielt. Keiner kam. Nur mal ein Brief. Ich sei raus. Und sollte gefälligst die Schnauze halten über weitere Interna. Ich wusste aber einen Scheiß. Da mir Politik immer noch am Arsch vorbeigeht, habe ich mich ja auch nie für die um mich existierenden Zusammenhänge gekümmert. Mir fehlten die Menschen, nicht das, was sie taten oder dachten. Ideologien dringen nicht in mein Bewusstsein, weil ich sie eh idiotisch finde.

Die Knastzeit plätscherte so dahin. Mir kamen keine neuen Gedanken. Freundschaften hätte ich gerne gehabt. Bedingungslose Menschen um mich, die mich nehmen, wie ich bin. Ich war unauffällig.

Im Bau lernte ich dann Martin und Bernhard kennen. Unternehmer seien sie, sagten sie. So Leute, die Fahrgeschäfte aufbauen. Die herumreisen von Kirmes zu Kirmes. Dinge, die sich drehen und leuchten, faszinieren mich seit meiner Kindheit.

Mit den beiden verstand ich mich gut und sie verstanden mich. Wir hatten alle keine Meinungen zu irgendwas. Das war gut und unsere Gespräche waren belanglos. Irgendwann legten wir fest, dass ich dabei sei. Der neue junge Mann zum Mitreisen und Anpacken.

Nach meinem Knastaufenthalt und dem Abschluss mit meiner persönlichen Neonazitragik wurde ich dann also Schausteller. Kirmestypen sind grobmaschige Menschen und ich fand schnell Kontakt. Die Belanglosigkeit der Geräte.

Verdrahten, schleppen, fluchen, saufen. Alles klar. Hier war heimatlich gut.

Martin und Bernhard gehörte ein Kettenkarussell. Und ich zum Aufbauteam. Und den beiden meine Freundschaft. Ich merkte, dass meine Hände doch geschickter waren, als ich dachte. Grob- und Feinmotorik und gnadenloses Überlegen waren vonnöten, und anfangs war es schwer, aber Martin und Bernhard gaben sich mit mir viel Mühe. Die Ketten am Karussell zu entwirren war eine meiner ersten Aufgaben.

Es fand vollständige soziale Integration statt und ich fand die Freiheit im Kettenkarussell.

Sex und Gegensex

Dem Manne meines Alters wurde traditionsmäßig ins Denken gepflanzt: Haus bauen, Kind zeugen, Baum pflanzen. Hab ich alles getan und doch ist alles anders als gut. Vielleicht bin ich zu traditionell für mich selbst? In meinem Kopf explodieren fröhlich Fragen. Außerdem drehe ich mich.

Denn meine Söhne und ich besuchen die Kirmes. Wir zirkulieren um einen Metallstamm, nur jeweils von vier Ketten gesichert. Wir schweben überirdisch und meine Kinder freuen sich. Ich bin traurig, weil sie nicht die Wahrheit über mich wissen. Die beiden sind noch zu schutzbedürftig für die wirklich wahre Ware Wahrheit. Die kann ich ihnen noch nicht verkaufen. Meine Zeit rennt mir weg. Tim und Kevin sind sechs und acht.

Um mich herum Gejohle und besoffene Freude. Licht und Geräusch sind hell und laut und alles andere kann man hier tun als sich Gedanken machen. Mein Kopf ist schwer. Ich lüge mich an. Ich lüge alle an. Ich drehe mich im Karussell aus Feig- und Dummheit.

Unten steht die, aus deren Schoß die Kinder gestiegen sind. Die kleinen Leben sind verklebt aus Petra rausgekrochen.

Die Mutter.

Ihre Mutter.

Meine Frau.

Auch sie weiß nichts. Sie ahnt nichts. Vielleicht rennt auch schon ihre Zeit weg. Sie hat so viele wunderbare Eigenschaften.

Irgendwo in der Nähe von Sevilla liegt ein Typ im Krankenhaus und stirbt an Aids. Er heißt Fernando Goringas. Den habe ich auf meiner letzten Geschäftsreise kennen gelernt. Er war Kellner und brachte mir und meinen Arbeitskollegen Stierhoden. Wenig später ging es um Menschenhoden. Um seine und meine. Unsere Zungen an denselben. Die Lust durchflutete ein spanisches Hotelzimmer. Ich in ihm. Er in mir. Überall der Geist internationaler Erregung.

Dann kam ich zurück nach Deutschland. Mit der Verdrängung von Senior Goringas. Der kam erst wieder in meinen Kopf zurück, als eine Routineblutuntersuchung mir ins Gesicht schrie: HIV POSITIV.

Das ist jetzt auch schon vier Monate her. Meine Feigheit kotzt mich an.

Meine Frau muss ich mir seitdem mit Lustlosigkeit vom Leib halten. Ich weiß, dass sie deswegen fremdgeht. Sie bemüht sich nicht mal mehr, es vor mir zu verheimlichen. Aber für unsere Kinder sind wir immer noch Mama und Papa.

Wir Schweine.

Wer weiß schon, wann er wie stirbt, denke ich im Kettenkarussell, den ich mir als Schleudersitz in die Wahrheit wünsche. Meine Jungs lachen. Würden sie auch noch lachen, wenn sie wüssten, dass ihr Vater einen tödlichen Virus in sich trägt, den er nur seiner obszönen Geilheit verdankt. Ich bin nicht mal schwul. Ich wollte einfach nur meinen Schwanz in was Warmes halten.

Zufällig Aids.

Petra winkt.

Einfach die Kette vom Karussell lösen und wegfliegen ... über die Losbude und keinen Hauptgewinn und egal wohin, nur weg.

Ich bleibe sitzen und warte das Ende der Fahrt, wie auch das meines Lebens, einfach ab.

Szörti

Eine Ansammlung schlechter Eindrücke erwirkt einen kleinen Brechreiz. Nahrung auf der Flucht vor mir, ich kann sie im Hals gerade noch bremsen, denn ich bin in der Öffentlichkeit. Eine Ü-30-Party auf dem Land in einer Disco mit Namen ‹Allstar›. Natürlich, alle Stars hier. Alle super. Alle tanzen zu Kackmusik.

Ü-30, wie schlecht eigentlich. Ü wie übel, ünterste Schublade und üben, üben, üben. Das Leben habe ich immer geübt. Da waren einige Ernstfälle, aber der eigentliche Ernstfall, der persönliche Super-GAU, ist das Man-selbst-sein-und-sich-selbst-überlassen-Sein. Da stehe ich mit meiner verheirateten Freundin Petra und muss fast kotzen vor Angst, ungefragtem 80er-Jahre Pop – als ob anständige 30-Jährige so was hören wollten! – und einem Rudel seltsamer Typen. Eine Koalition der Sonderlinge.

Das Altern ist nur ein Gedächtnis der Unvernunft. Die Jugend verschwand in einem Tuch. Jemand hat sie weggeputzt, diese Unbeschwertheit. Und nun ist da Flügelnot. Es zieht einen auf den Boden. Ein jugendliches Herz wächst nicht nach. Nur der alte, leidige Brocken bleibt und schlägt schleifend in einem herum.

Pock, pock, pock.

Beständigkeit versus Vergänglichkeit.

Ein Typ kommt auf uns zu. Aus den Boxen viel zu laut die Stimme von Boy George. Der Auf-uns-Zukommer scheint betrunken. Bebend vor Culture Club: «Do you really want to hurt me, do you really want to make me cry?» Sieht ganz so aus, als wolle er genau das mit uns tun. Dann steht er vor uns. Stinkend vor guter Partylaune mit einem Mittelklasselächeln.

Der Typ fragt, ob eine von uns Lust zum Tanzen habe. Petra ist sich für nichts zu schade und geht mit. Sie hat Probleme mit ihrem Ehemann. Da läuft nichts Sexuelles mehr, nur schwerwiegendes Schweigen und nebenbei sind da zwei Kinder. Also nimmt Petra das Obst auf, das von den Bäumen fällt. Ich starre in die Tanzmenge und fühle Verlorenheit.

Habe weder Lust auf Alkohol noch auf Gesellschaft. Ich distanziere mich gern von vielerlei. Aber ich tue Petra diesen Gefallen, denn es ist ihre Party. Sie kommt gern hierher und macht Männer klar.

Eigentlich will ich aussteigen. Südeuropa. Ein Haus am Strand, und alle können mich mal. Den Rest des viel zu schnellen Lebens abgammeln. Nichts mehr tun, außer Eindrücke zu bekommen.

Ohne Verpflichtung.

Ich denke so an mein Leben. Da ist der Job als Arzthelferin. Und die Freizeit ist das hier. Schlechte Menschen mit schlechten Klamotten in schlechten Discos. Ich werde langsam zu alt für das. Ich muss hier weg.

Das Schönste, was ich an meinem dreißigsten Geburtstag getan habe, war, meinen Fernseher aus dem Fenster auf die Straße zu werfen. Ich habe mir auch keinen neuen gekauft, denn dieses Statement wollte ich gern so stehen lassen. Es hat keinen gestört, dass da einfach so ein TV-Gerät auf die Straße knallt. Weder Lärm noch Müll. Die zarten Menschen meiner Nachbarschaft sind so kraftlos. Schlimm eigentlich.

Wir hören Depeche Mode, was für ein grober Unfug, The Cure, zum Beruhigen ganz gut, Pet Shop Boys – ich kann nicht mehr! – und anderen Schrott, die man damals als Jugendliche schon im Radio gern überhört hat.

Ich beobachte eine krass betrunkene Frau. Ihr ganzes Gesicht ist voller Narben und sie ist so breit, dass sie kaum gehen kann. Sie ist verdammt hässlich und hat erstaunlich gute Laune. Irgendwann hängt sie neben mir rum und bestellt sich hochprozentigen Schnaps. Plötzlich steht auch neben mir ein hochprozentiger Schnaps, von der Narbenfrau dorthin platziert. Dann höre ich ihr zu, wie sie mir eine verstörte Geschichte ins Ohr lallt. Ihr Vater ist wohl schuld an ihrer Gesichtsbehinderung und wird bald sterben, und dann ist alles gut. Aha, denke ich, ziehe mir den Schnaps rein und denke weiterhin, dass es schon seltsame Existenzen gibt. Ich wünsche der Narbenfrau alles Gute und bedanke mich artig für das Schnapsding, das sich in meinem Gehirn dreht.

Ich suche Petra in der Menge. Sie wird umtanzt von vier dummen Bauern. Eine Art Begattungstanz zu einer Band namens Erasure. Waren die 80er wirklich so scheiße, musikalisch gesehen? Wie es scheint schon. Die Bauern haben um Petra einen Kreis gebildet, Petra hat gut einen auf und flirtet auf Teufel komm raus. Und der kommt raus, wartet nur ab.

Jetzt will ich auch mal gute Laune haben. Das sind hier nicht meine Leute, aber ich kann ja mal gucken, zumindest sekundenweise Spaß zu haben. Da kommt einer an. Mit zwei Getränken. Stellt eins neben mich, die Ausgeburt eines Proletencocktails. Er stellt sich vor, heißt Günther, ist Landschaftsgärtner und Single. Ich lüge ihn ein wenig an und bin irgendwann Anwältin von McDonald's. Er schnallt es nicht. Wir beginnen eine vollkommen unglaubliche Unterhaltung. Er erzählt mir vom Fußball, von Mutterboden und von seiner Mutter. Er kann mir nicht in die Augen sehen. Er fühlt sich klein und für ihn ist es schon ein Erfolg, neben mir ein Getränk zu haben. Ich baue Pseudovertrauen auf. Günther nimmt jedes Signal dankbar an. Jetzt beginnt er mich anzufassen. Seine klebrigen Finger auf meinem Unterarm. Bah! Aber jetzt kommt meine Vergeltung. Ich fahre ihm durch die Haare und kraule zärtlich seinen Nacken. Jetzt will er mich küssen, doch so weit lasse ich es nicht kommen, frage aber: «Hast du Lust, mit mir zu schlafen?» Geilheit im Auge bei ihm. Das ganze, ihm zur Verfügung stehende Blut läuft in seinen dummen Schwanz und er stottert: «Ja, eh, ja klar!» «Kann ich mir vorstellen», sag ich, trinke meinen Cocktail in einem Zug aus und verschwinde aus seinem Blickfeld. Der Landschaftsgärtner fällt in sich zusammen.

Das finde ich mehr als lustig.

Ich gehe zum Klo. In einer der Klozellen wird gefickt. Ich erkenne Petras Stimme. Sie lässt sich von einem Bauern ficken. Wie schön. Ich schaue mich im Spiegel an. Mein Gesicht wird auch immer älter.

Irgendwann fahren wir nach Hause. Was mich und meine Freundin unterscheidet, ist die Definition von Spaß, den man mit dreißig noch haben kann.

Wir fahren durch die Nacht. Günther wird sich in zwei Tagen umbringen. Er wird ein Seil um einen Baum spannen, es durch seinen Kofferraum ziehen, um seinen Hals winden und dann Gas geben ... und gespannt sein, in welchen Gang er denn kommt.

Das hat er mir eigentlich erzählt.

Der Typ ist so alt wie ich.

Schlachtfest

... we came back
to the town
saw toreros
and we drowned our love
in the blood we saw
(fiesta!) ...

Phillip Boa and the Voodooclub – ‹FIESTA!›

Stiertier bin ich. Ein starkes Stück Fleisch mit intensiven Instinkten und Gedanken.

Da wurde ich sommertags im Mutterblut auf eine Wiese gepresst, ohne danach gefragt zu haben, nur weil irgendein geiler Bulle irgendwann meiner Mutter sein Genital auf- und hineinzwängte.

Da war ich dann und Zufriedenheit erst mal meine Kindheit. Gras essen, Wasser trinken, Sonne genießen. Südspanien ist wunderschön zu jeder Jahreszeit. Ich war ein glückliches, verspieltes kleines Tier.

In der Nähe dieses Gebirges, das Spanien von Portugal trennt, waren unsere Wiesen, und wir waren viele. Sehr viele. Vielleicht könnten wir eines Tages die Welt beherrschen, dachte ich immer zwischendurch. Eigentlich taten wir das ja, denn unsere Welt reichte von unserem Standpunkt aus nur bis dahin, wohin wir blicken konnten. Auch der Horizont war unser und das Rote am Himmel und sowieso alle Sterne, die man nachts bewundern kann. Aber da waren auch immer Zweifel, ob das, was wir sehen, alles war. Oder war da doch mehr, jenseits der Weite unserer Blicke?

Die Kindheit also froh verbracht im Mutterschatten und alles, was wir hatten, war gut und natürlich und lebenswert. Dann erkannte ich Menschen. Menschen verstand ich nie. Menschen, die am Wiesenrand standen und uns beim Spielen zuschauten. Sie standen nur da und bewunderten unsere Macht und Stärke, die die jungen Tiere präsentierten und die positive Arroganz und Erhabenheit unserer Väter und Mütter. Wir waren unantastbar, bis ...

... ich bemerkte, dass diese Menschen hin und wieder unsere Wiese betraten. Nicht allein, sondern meistens gleich rudelweise stürmten sie unsere Grasfläche und gingen zielstrebig auf junge Genossen los. Schossen mit Rohren nach ihnen und wenn sie trafen, wurden die Genossen müde und legten sich irgendwann in die Sonne zum Schlafen. Dann zerrten die Menschen die Jungtiere an den Hörnern nach draußen, hinter den Zaun, wo sie sonst immer standen und nur schauten. Seltsam, diese Menschen.

Wenn die Genossen dann außerhalb des Zaunes zum Liegen kamen, kam etwas Lautes. Es war groß und von merkwürdiger Gestalt. Länger als hoch und laut und stinkend. Vorne drin saßen meist zwei Menschen, die blöd lachten. Hinten war ein großes Loch, in das sie die müden Genossen schafften, und dann machte sich dieses laute Ding auf den Weg Richtung Horizont und verschwand irgendwann ganz. Ich begriff, dass Welt Beherrschen eventuell doch schwierig war, erstens, weil die Menschen das vielleicht auch wollten, und zweitens, weil es hinter dem von mir erschlossenen Universum noch mehr zu geben schien als das, was ich mit meinem verfickten Rindergehirn zu begreifen imstande war.

Drauf geschissen, dachte ich zunächst und lebte mein Leben unbeschwert weiter, um nicht traurig zu werden. Die abgeholten und in dem seltsamen Hohlraum verschleppten Genossen bekam ich nie wieder zu Gesicht. Niemand von uns sah sie je wieder und es gab die wüstesten Theorien auf der Wiese, wo man sie wohl hinbrachte und was aus ihnen wurde.

Einige glaubten, die Verschleppten würden zu Gottheiten erhoben und kämen auf andere Weiden mit grünerem Gras. Meines Erachtens wurden aber zu viele und zu oft welche abgeholt, um diese Theorie als stimmig erscheinen zu lassen. Gottheiten sind doch was Besonderes, aber auch Idioten wie Sergio wurden müde geschossen und verschleppt ... und dieser blöd sabbernde Bulle eignete sich wohl kaum als anbetungswürdiges Tier.

Andere Genossen meinten, die Menschen seien unsere Götter und machten uns zu Opfern. Das Ganze sollte nur verhindern, dass wir zu viele wurden, irgendwann auch nach Macht strebten und die Menschengötter außerhalb der Zäune überrannten. Andere hatten gar keine Meinung und das waren immer die fröhlichsten Jungtiere auf unserer Wiese.

Ich hingegen hatte deswegen viele Krisen, weil ich mir auf die Menschen keinen Reim machen konnte. Sie kamen, holten ab und verschwanden Richtung Horizont, wo manchmal noch Lichter aufblinkten. Vielleicht sollte es einfach nicht meine Welt sein, sich so sehr zu sorgen, aber diese Gedanken kamen immer wieder. Häufig dachte ich sie auch gedankenlos, also ohne irgendeinen Anlass. Die Denkmuster kamen einfach, eroberten meinen Kopf und richteten Unruhe an. Dann rannte ich eine Weile von Zaun zu Zaun zu Zaun zu Zaun, um diese Gedanken wegzumachen. Ich konzentrierte mich dann nur aufs Rennen und nicht auf irgendwas in meinem Kopf, was ich nicht begreifen konnte. Wahrscheinlich nie begreifen würde. Doch die Gedanken kamen immer zurück. Und vorbei war die Kindheit, und Lebensernst fickte mein Gehirn.

Ich hingegen fickte gerne weibliche Kälber. Junges Fleisch mit breitem Becken hinten. Das war gut und machte auch Gedanken weg. Meine Jugend hatte schon begonnen, und irgendwann bekamen auch die Kälber Kälber. Und es war ein Segen, daran beteiligt gewesen zu sein.

Eines sehr heißen Tages standen erneut Menschen am Gatter. Instinktiv verspürte ich, dass sie heute mich im Visier hatten. Ich wusste mal wieder nichts, als sie die Wiese betraten und zu fünft auf mich zugingen. Langsam und mit Bedacht liefen sie zunächst als Gruppierung, dann trennten sie sich, aber alle bewegten sich weiter auf mich zu. Die Menschen hatten Rohre dabei. In ihren Blicken war etwas sehr Beängstigendes, und so erhob ich mich vom Gras und rannte erst mal los, neben mir die Angst und hinter mir die Menschen. Plötzlich dann ein Schmerz und leichter Blutaustritt an meinem Hals. Es begann diese Müdigkeit, gegen die ich nicht mehr anrennen konnte. Durch meinen ganzen Körper fuhr eine Schwere, die ich bislang nie gespürt hatte. Meine Angst hatte mich bereits über- und die Menschen mich eingeholt. Das Letzte, was ich dann sah, waren die tränenfeuchten Augen meiner Eltern und meiner Kinder. Ich war dran. Sie holten mich. Sie hatten mich. Ich entschwand, erregt von unbekanntem Schwindel, in erhabenen Schlaf.

Als ich mit elenden Schmerzen erwachte, war ich umgeben von Stangen. Eine Wiese für mich ganz allein, aber begrenzt auf die Ausmaße meines Körpers. Unter mir kein Halm Gras, sondern Holz. Ich versuchte aufzustehen, war aber zu schwach und zu verwirrt, um mich überhaupt koordiniert zu bewegen. Dies ist der Himmel, flüsterte eine Stimme in mir. Eine sanfte Stimme war das, betörend und verführerisch, und nach dem anfänglichen Schmerz begann ich wieder etwas Kraft zu schöpfen. Vor mir war ein Gatter, das erkannte ich. Außerdem schien über mir die Sonne zu sein. Ich atmete einige Male heftig durch und versuchte noch einmal aufzustehen. Diesmal gelang der Versuch, und ich stand auf meinen vier Beinen und schrie. Nichts passierte. Ich hörte Menschen, ich roch Menschen. Menschenschweiß. Viele Menschen. Ich schien jedoch das einzige Tier zu sein, wenn ich mich noch auf meine Witterung verlassen konnte. Ich hob meinen Kopf, immer noch leicht benebelt und trunken vom betäubten Schlaf, um einen Blick über das Gatter zu tun und erblickte ...

... Menschen in Massen. Ein Menschenfest. Sie waren alle sehr laut und in einem Halbkreis angeordnet. Alles war bunter und lauter, als es mein Rindergehirn wahrnehmen konnte. Du bist der Gott der Menschen, flüsterte es nun sanft in mir, du bist es, deswegen bist du hier, deswegen sind auch alle Menschen heute hier. Alle Menschen dieses Universums waren heute hier, um mir zu huldigen. Ich war Gott. Meine Schmerzen ließen nach, denn mein Bewusstsein hatte mich erhaben gemacht.

Und da stand ich nun auf meiner alleinigen Wiese, den Blick auf die Menschenmasse gerichtet, die mir zujubelte. Vor mir war ein großes Sandfeld zu sehen. Darauf befanden sich auch Menschen mit seltsamen Tüchern und Stangen in ihren Händen. Raus hier will ich, mir huldigen lassen! Ich versuchte das Gatter mit meinem Kopf zu spalten, was mir aber nicht gelang. Es blieb verschlossen. Irgendetwas in mir, ein bislang unbekannter Trieb, verlangte von mir, dieses große, gelbe Feld zu betreten und mich von den Menschen bewundern zu lassen. Die Menschen bekamen mit, dass ich meine holzgrundierte Solowiese verlassen wollte, und wurden noch lauter als zuvor. Ich schnaubte und schrie. Man sollte mich endlich befreien.

Der Schmerz war ganz weg und Adrenalin und reines Stierblut erfüllten meinen Körper. Glück war auch dabei, und diese ganze Triebmixtur machte mich rasend. Aufbäumend. Huftretend. Kopfschlagend. Öffne man das Tor und lasse man mich zu ihnen, schrie es in mir.

Und genau das taten sie dann. Hier kommt der neue Gott zu euch. Das Gatter wurde von Menschenhand geöffnet, und als ich die Freiheit spürte, mich nach vorn bewegen zu können, nahm ich meine ganze Kraft zusammen und rannte der tobenden und jubilierenden Menschenmasse entgegen. Die gab vor Ekstase, angefacht durch mein strahlendes Antlitz, den höchsten Geräuschpegel von sich, den ich jemals vernommen hatte. Alle Menschen. Hier. Für mich.

Die auf dem Sandfeld befindlichen Menschen machten angespannte Gesichter, als sie mich rennen sahen. Aber das war mir erst einmal egal und ich begann die Grenzen der Sandwiese wahrzunehmen, indem ich herumrannte und überall, wo ich Zäune sah, hinter denen sich Menschen tummelten, kehrtmachte.

Meine ganze Kraft erblühte wie der Frühling schlechthin, ich hätte stundenlang im Kreis und ohne bestimmten Weg auf diesem Gelände herumlaufen können. Ich war in freudiger Erwartung, was denn nun käme. Und erst mal kam gar nichts.

Ich bemerkte lediglich, dass die drei Menschen auf der Sandwiese sich von mir zu distanzieren versuchten, sobald ich ihnen zu nahe kam. Sie schwenkten ihre reizvollen Tücher als Begrüßung und tanzten und rannten wie ich. Ein Fest.

Ein Fest. Ein Fest.

Für mich. Für mich.

FÜR MICH!!!

Nähern wollte ich mich den Menschen. Ihren ganzen Tumult begreifen, den sie hier um mich veranstalteten. In Menschennähe gab es aber nur Erstaunen und nichts weiter. Irgendwann wollte ich nicht mehr rennen, sondern wissen, was es mit den drei speziellen Menschen, die mit mir auf dem Sandgrund tanzten, auf sich hatte. Aber immer, wenn ich ihren Weg kreuzte, schwenkten sie ihre Tücher und ließen mich vorbei. Wahrscheinlich hatten sie Angst vor meiner Erhabenheit und Kraft, war irgendwann mein Eindruck. Ich sollte mich ihnen auf eine weniger aggressive Art nähern.

Ich blieb also vor einem mit Menschen gefüllten Rang stehen und es regnete Stimmen um Stimmen in mein Gehirn. Die Menschheit völlig außer sich hinter mir lassend, stolzierte ich auf einen dieser drei herumstehenden Reiztuchschwenker zu. Stille. Plötzlich Stille. Menschen- und Rinderaugenpaar begegneten sich für Sekunden. Dann ...

... Schmerz. Der Mensch hatte etwas nach mir geworfen, was nun in meinem Leib steckte und schreckliche Schmerzen beim Gehen verursachte. Ich taumelte. Außer mir. Schreiend. Taumelnd. Blutend. Stark blutend. Das geworfene Ding steckte direkt in meinem Herzmuskel, denn bei jedem Herzschlag pulsierte Blut aus meinem Körper und verursachte eine Hölle von Unaussprechlichkeit und wahrhaftiger Undenkbarkeit in mir. Die Wahrnehmung schwand im Takt des Blutschwalls und ich fiel zu Boden. Die drei Menschen kamen auf mich liegendes, todesnahes Geschöpf zu. Alle hatten Rohre dabei und stießen sie in meinen Leib. Ich vermutete meinen Tod, spürte ihn anklopfen. Ganz nah. Kalt wurde es in mir, um mich. Alles kalt und anders als zuvor. Kein Menschenschrei mehr in meinen Ohren, nur noch mein Blut, dass sich vornahm, mich komplett zu verlassen. Rohre im Hals, in fast allen Organen und mein Blut überall auf dem Sand.

Das sind die Menschen, dachte ich noch vor meinem Dahinscheiden. Da töten sie mich zu ihrer Belustigung. Jetzt kenne ich das Geheimnis ... und es ist widerlich.

Was ich dann noch sah, war ein junger Mensch, der sich zu mir herunterbeugte. Er hatte etwas in der Hand und entfernte meine Genitalien damit. Auch da war noch viel Blut, das mich verließ, und der Mensch hielt das hoch, was mal meine Potenz war. Da war aber dann schon kein Schmerz mehr, sondern nur noch Trauer, bevor alles dunkel und leise wurde. In meinen Augen verschwand der Realismus. Dem Leben entgleitend dachte ich an das, was mal meine Gedanken waren.

Aber ich sah sie alle wieder ...
... die, die gut zu mir waren, ...
... und wir versenkten unsere Liebe in unserem Blut!

Das Scherbenmädchen

Ich sitze in einem Straßencafé. Trinke dort Mineralwasser. Es ist Sommer. Ich hasse Sommer. Man schwitzt und muss sein rotes Gesicht jedem zeigen. Typen gucken auf die Makellosigkeit der Frauen. Glatte Haut, dünner Bauch, Designerhaare, Tattoos an den richtigen Stellen, eine Bewegung im Minirock, ein enges Shirt, und die Typen drehen durch. Bei mir leider nicht. Leider gucken Männer auch in Gesichter. Meins mag ich keinem zeigen. Es ist kaputt. Zerrissen. Vernarbt. Gerötet. Entzündet. Verdorben. Verwelkt. Befallen. Gefaltet. Unbrauchbar zum Schönfinden.

Es war ein scheinbar dummer Unfall. Ich war ein Kind. Ein großes Haus. Ich suchte meinen Vater in diesem Haus. Der hätte in jedem Raum sein können. Davon gab es viele. Ich rief. Keine Antwort. Ich rief. Nichts. Stille im Haus. Dann kam ich ins abgedunkelte Wohnzimmer. Im Radio lief Klaviermusik, irgendwas von Chopin. Mein Vater saß vor dem Küchentisch, auf dem eine fast leere Flasche Wein stand. Daneben noch mal drei Flaschen Wein. Es roch nach Alkohol, Schweiß und Tränen. Mein Vater verbarg sein Gesicht in seinen Händen. Das tat er häufig. Ich hoffte, ihn mit meiner Anwesenheit zu beglücken. Kleine Trostspende der kleinen Tochter. Mein Vater war alles andere als begeistert, als er mich neben sich stehen sah. Er schlug mir ins Gesicht und stieß mich weg. Überrascht darüber verfiel ich in einen Taumel. Meine Beine fühlten sich nicht mehr verantwortlich für die Aufrechterhaltung meines Körpers.

Mein Kinderkörper fiel durch die Glastür und ich auf den Boden in einen Haufen Scherben. Mit dem Gesicht voran. Blut war da und Schmerz und mein Vater dann bei mir, um mir Trost zu geben. Splitter überall. Die ganze Haut aufgerissen. Das Gesicht fast abgerissen. Blind zunächst.

Dann viel Krankenhaus- und Rehabilitationsangelegenheiten. Es wurde genäht, Haut vom Po ins Gesicht gepflanzt, Haut von Toten eingesetzt, die mein Körper abstieß. Da waren Löcher, tiefe Furchen. Narben, die so böse aussahen und mich so böse ausschauen ließen, wie ich niemals werden könnte. Furchteinflößend für mich selbst. Spiegel wurden meine Feinde. Sie sind es bis heute.

Frauen ohne Spiegel sind unvollständige Geschöpfe. Und aus dieser Unvollständigkeit heraus denken sie böser und tiefer als ihre glatten Artgenossinnen. Die Schönen müssen nicht so tief gehen. Ihnen fliegen die Kontakte zu, die Liebe schwirrt um sie wie ein Schwarm irrer Mücken.

Mein Vater litt unter dieser Sache. Ich log zunächst verzeihende Worte, die er dankend entgegennahm. Dann als Pubertät und junges Erwachsensein, Sexualtrieb und Jugendwirren einsetzten, wurde das Egalgefühl, das ich gegenüber meinem Vater empfand, abgelöst von trockenem Hass. Ein Hass dem Entsteller. Dem Vergewaltiger meiner Jugend.

Auf Partys war ich die Lachnummer. Meine Narben machten Jungs kotzen. Einige spielten an meinen Brüsten herum und fingerten an meiner Vagina, doch ernsthaft wollte niemand was von mir wissen. Mädchen sind immer auch Prestigegewinn für die Boys und mit mir konnte man einen Scheiß gewinnen. Nur Ablehnung. Ich wurde Außenseiterin mit wenig Freude. Ich tauchte zwar auf allen Partys auf, doch jedes Mal gab es was auf die Opferrolle. Die Bestätigung meiner Hässlichkeit, eingebettet in verbale Dummheiten. «Bügel dir mal die Fratze, Alte!» – «So jung und so hässlich.» – «Wer dich fickt, dem musst du aber mindestens 'nen Hunni zahlen.»

Das hab ich auch irgendwann mal gemacht, nur um zu checken, wie es ist, wenn einer von diesen Dummbacken in meinem Körper steckte. Auf 'ner Bauernparty hab ich mir den besoffensten Bauerndeppen rausgesucht und ihm hundert Euro für Sex mit mir angeboten. Er hat mitgemacht. Dann hat er mich brutal und orgiastisch entjungfert. So wie ein betrunkener Bauer ein Weibchen beschläft. Er das Tier und ich die Empfängerin des wundgefickten Wahnsinns. Es war wunderbar und die Kohle wert.

Als er am nächsten Morgen aufwachte, neben mir liegend, und in mein Gesicht sah, kotzte er erst mal mein Bett voll. Wegen des Alkohols und meinetwegen. Das hatte ich schon fast so erwartet. Dann ging er wortlos gekränkt. Der Bauerndepp ließ nur einen ganz kranken Duft hier. Er war echt sauer, dass ich entstellt war. Anders als in seiner alkoholisch beeinflussten Vorstellung.

Ich fand glücklicherweise Arbeit als Übersetzerin. Spanisch. Französisch. Griechisch. Auf all diese Arten würde ich gerne mal ficken. Aber keiner da.

Ich reiste viel. Unter anderem immer wieder gerne nach Spanien. Da war es heiß, und ich trug Kopftücher und Gesichtsschutz. Auch da saß ich viel in Cafés, um Leute anzugucken. Ich wurde sogar angemacht von jungen, wilden, dunkelhaarigen Männern. Sie luden mich zum Stierkampf ein. Ich sah ein blutendes Tier, dem der Sack abgeschnitten wurde. Sie füllten mich ab. Ich ließ es geschehen. Dann waren wir in irgendeinem Hotel. Alle wollten mich beschlafen, denn ich trug noch Gesichtsschutz. Sie hatten noch nicht mein Gesicht gesehen. Als der Schleier fiel, setzten sie mich vor die Tür. Sie traten in meinen geschundenen Leib, als ob ich die alleinige Schuld für ihre unerfüllte Ficklust trüge. Dieses Männergesindel ist gedanklich so kaputt. Wenn sie ihren Schwanz nicht in was Warmes halten dürfen, flippen sie gleich völlig aus.

Jetzt in Deutschlands Cafés ist es genauso. Nur trage ich mein Gesicht öffentlich, weil ich weiß, dass ich es nicht ändern kann. Ich bin eine öffentliche Wunde. Als Anregung für Diskussionen: «Was für'n Unfall mag die wohl gehabt haben?» Oder einfach nur als Ekelmerkmal:

«Mama, das Gesicht von der Frau sieht aus wie Hackfleisch. Mama, gibt's heute Abend Hackfleisch?»

«Nein, du bist zu fett.»

«Mama bitte!»

«Na gut». Scheiß Kinder. Scheiß Eltern.

Ich tu so, als ob ich telefoniere, denn neben mir hat sich ‚ne Gruppe Jungmänner niedergelassen, um sich Bier zu ordern. Ich rede spanisch in den Hörer. Rolle ein erregendes ‹R› nach dem anderen in der Gegend herum. Vielleicht fährt ja einer darauf ab und spricht mich an. Ich rede und rede, wechsel vom Spanischen über Griechisch ins Französische. Keiner merkt's. Ich quassel mein Telefon voll. Am anderen Ende der Leitung: niemand.

Irgendwann lege ich mein Dummhandy neben mir auf den Tisch. Ergriffen von melancholischem Schwindel. Dann klingelt das Telefon tatsächlich. Ein sehr fremdes Geräusch. Es ist meine alte Mutter. Mein Vater stirbt. Wahrscheinlich noch heute.

Ich bestelle Sekt.

Der Weg weg

Ich hab mein ganzes Leben nur geatmet.

Da liege ich jetzt. Die Fähigkeit der selbst gewählten Bewegung eher eingeschränkt. Ein Krankenbett. Station A5, Zimmer 65. Und ich weiß, hier gibt es keinen Weg mehr raus. Meine letzte Reserve Leben wird an diesem Ort ausgehaucht. Ich warte auf das Ende. Manchmal sehr ungeduldig. Es reicht auch.

Mein Leben als Statistik liest sich so langweilig wie ein Buch von Hera Lind. Fünfundneunzig Jahre alt, seit sieben Jahren zieht der Krebs Metastasenstraßen durch meinen Leib, eine Ehe, aus der vier Kinder resultierten, zwei Weltkriege, davon einmal mit Kampfbeteiligung meinerseits, vier Jobs bei zwei Arbeitgebern – die Zeiten, in denen ich arbeitete, waren golden! – und unendlich viele Atemzüge auf dem Weg ins Sterbezimmer. Da liege ich jetzt.

Neben mir zwei schon Sprachunfähige. Auch sie warten auf ihr Ableben. Der eine starrt an die Decke und manchmal, wenn er glaubt, der nächste Atemzug sei sein letzter, faltet er schleunigst die Hände, damit er auch betend aussehend in die Obhut Gottes kommen kann, der ihn dafür bestimmt auslacht.

Der andere bewegt sich eigentlich gar nicht und man hört auch keine Atemgeräusche. Offenen Auges und verwelkend. Seine Haut krümmt sich nach innen oder will runter vom Körper. Auch in ihm sind Fremdzellen, die ihn fressen. Er kackt sich stündlich voll und wird von der groben Schwester gereinigt. Sie behandelt ihn, als würde sie eine

Bank waschen. Würdelos, aber pflichtbewusst. Der nasse Lappen klatscht auf die faltige Haut und zerreibt die Scheiße darauf. Der Stuhlinkontinente schließt dabei die Augen und lächelt. Wahrscheinlich stimuliert ihn dieser Mist.

Daneben liege ich. Ständig bemerkend, wie in mir negative Zellen meine Organe auffressen. Schmatzend greifen sie sich Leber, Nieren und Lungenflügel und dinieren den ganzen Kram aus mir raus. Ersetzen das dann durch Schmerz, der vom medizinischen Personal wiederum durch Morphium ersetzt wird. Diese Injektionen sind die Liebe des Mannes auf der Grenze zum Finale. Alles wird dann leicht und manchmal auch bunt. Die lächelnden Schwestern sind so voller Güte.

Ich denke nicht mehr viel an mein Leben. Es war gut, erfüllend. Und reichhaltig. Eine Familie. Eine Arbeit. Meine Frau. Die Kinder. Alles hatte seine Glanzseite und seine Schmierseite. In baldiger Gegenwart des Todes aber verblassen die schlechten Gedanken und das Dasein wird erfüllt von Güte. Inspiriert vom Morphium.

Ein Leben, unterbrochen von den Wirren des Krieges. Die Bestie Stalingrad dreiundvierzig verfolgt meine Sinne zwar bis hierher, aber ich weiß, dass ich dieser Hölle entkommen bin. Der Weg zurück aus schneidender Kälte hat mich viele Freunde und fast einen Fuß gekostet. Aber ich habe es geschafft. Die Erinnerung ist prägnant.

Ich hatte keine Munition mehr. Sie waren zu dritt. Ich wusste, ich musste sie töten. Schoss ihnen Leuchtkugeln in die Körper. Verbrennen und verbluten gleichzeitig, es hatte minus dreißig Grad, und es war ein herzerwärmender

Anblick. Ich weinte zwei Tage in verschiedenen Schützengräben. Der Krieg ist ein Hure, niederträchtig und bunt. Der Krieg hat uns alle leer gemenscht. KaputtgeKRIEGt hat uns das Spektakel. Der Krieg, das Schwein – der Soldat, das Schweinefutter.

Mit dem Wissen, das überlebt zu haben, ging mein Leben von da ab einfacher. Die Schwingungen der Schüsse, die mich nicht trafen, machten mich lächelnd. Die Dankbarkeit für bewusste Atemzüge war in mir, weil ich den Krieg besiegt hatte.

Ein anderes schlimmes Erlebnis ist, dass ich meine kleine Tochter fast getötet hätte. Ich trank, um der Realität zu entkommen, nur wenige Male. Sie wollte väterlichen Kontakt und Hilfestellung in irgendeiner Sache. Ich stieß sie zurück, taumelnd fiel sie in eine Glastür mit dem Gesicht voran. Narben blieben, aber ich glaube, sie hat mir verziehen.

Jetzt ist mein Leben der stinkende, faulende, dahinsiechende Rest des Ganzen. Ohne Ende Erinnerungen. Fast hundert Jahre war eine Seele konserviert in einer immer schon zerbrechlichen Hülle. Fragil. Risse und Narben. Menschen sind ja so kaputtbar. Das Leben ist eine Wunde, die täglich neu eitert. Aber es muss nicht immer weh tun.

Als ich heute Morgen geistig verzerrt aufwachte, weil 3.40 Uhr Morphiuminjektion, wusste ich, dass dieser Tag der letzte sein würde. Das Gefühl war sehr stark. Ein allerletztes Frühstück durch die Magensonde als Reiseproviant ins Jenseits. Blutspucken. Meine Speiseröhre ist irreparabel durchlöchert. Ich warte. Erwarte Veränderung.

Irgendetwas zirkuliert im Raum. Der Vollscheißer hat es wieder mal getan. Alles wird anders. Es kommt ein Tod geflogen. Setzt sich nieder in den Leib und frisst die Seele. Ich hoffe auf ein gnädiges Sterben.

Meine Familie wurde angerufen, weil es so exitusmäßig um mich steht. Da stehen meine Kinder mit ihren Kindern und blicken silbrig tränendurchflutet drein. Worte fallen aus ihren Gesichtern. Gnädige, gute Worte der lebhaften Erinnerung an mich. Ich öffne meine Augen nur noch minütlich, aber alle sind da. Auch die alte Frau im Rollstuhl ist zugegen, aus deren Schoß all diese Existenzen gekrochen kamen. Barbara, ich liebe deinen Atem. Der soll noch viele Jahre aus dir kommen.

Das Scherbengesicht ist auch da. Ich sehe sie lächeln und weiß, sie hat mir verziehen. Sie ist die Einzige, die keine Kinder hat.

Die kleinen Geschöpfe in diesem Raum, grinsend und tobend, rechtfertigen meine schlappe Existenz ungemein.

Barbaras Hand umklammert matt die meine. Ich spüre ihre Liebe, aber auch dieses Wegen-dir-Scheißtyp-verpasse-ich-heute-die-Lindenstraße-Feeling. Alles in einer Hand und von Hand zu Hand gesagt. Wir haben nie viele Worte gebraucht, weil Liebe so selbstverständlich ist wie die Welt. Sie wird mich vermissen, ist aber jemand, der so viel versteht. Leben. Tod. Lindenstraße. Alles.

Dann wird es in meinem Körper spürbar kälter. Metastasen haben Hunger. Fraß Richtung Gehirn. Da trifft sich was aus Schmerzen und Gedanken, was ich nicht kenne. Flach der Atem. Die Augen besser schließen und sich in sich selbst verstecken. Vielleicht fliegt der Tod dann vorbei. Nein, ich spüre die Sau kommen. Seine Nähe ist unvermeidbar. Wie damals auf dem Rückweg aus Russland.

Atemausgang.
Herzstillstand.
Gehirn runterfahren.

Dämmerwelt.

Nichts hat Bestand.
Nichts beinhaltet Gefahr.
Alles geht und sterben muss jeder.
Ich jetzt.
In diesem Augenblick.

Korridor entlanglaufen.
Alles weiß.
Nebelflut.
Ich zähle in mir von zehn runter rückwärts.

10 – Es ist so weit.
09 – Die Einsamkeit des Sterbens ist wie ein Stück Kuchen, mit Liebe gebacken.
08 – Am Ende allein, aber schön, dass es euch gibt.
07 – Erkenntnis der Gedankenauflösung
06 – Jetzt reicht es aber auch.
05 – Es riecht nach Scheiße und dieses Mal war ich es.
04 – Barbara, komm bald nach, ich brauche deine Gegenwart!

03 – Und Sie sind also Gott, ich habe Sie mir ganz anders
   vorgestellt.
02 – Herzlich willkommen in der Zwischenwelt!
01 – Heraus aus der Zwischenwelt ins seelische Endlager.
0 – Ich bestehe nur noch aus einer unsichtbaren,
   fliegenden Seele. Es beginnt die totale Auflösung des
   Seins, splitterförmig atomisiert, ein Ende erkennbar
   und die Liebe Gottes fühlend.

Es gibt da einen Pfad zu erkunden, neu zu gehen, gesäumt von Nebelschwaden, weißer als weiß. Alles ist optimal temperiert.

Das ist der Weg.

Ich gehe ihn bis zum Ende.

Ohne Qual.

Ohne Sorge.

Der Weg weg. Raus.

Fin.

Sentimentales Schnitzel

Es ist Weihnachten und ich bin auf dem Weg zu meinem Elternhaus. Zwangsfamilienzusammenführung nach den und trotz der moralischen Bedenken der Beteiligten. Coming home, going down.

Ich betrete das Haus meiner Eltern. Es ist irgendein Jahr des neuen Jahrhunderts. Es riecht nach Fett und Tränen. Frisch gebraten und geweint. Im Flur flackern Kerzen. Akribisches Weihnachtsdesign strahlt von den Wänden und berichtet vom Geschick der Mutter. Ich habe zwei Päckchen in der Hand, ansonsten Leere.

In diesem Haus habe ich meine Kindheit und Jugend verbracht. Mein Vater hat es mit eigenen Händen und geliehenem Geld aus dem Boden gestampft.

Ich betrete das Wohnzimmer, in dem sich meine Eltern befinden. Sie sind immer hier um diese Zeit. Jedes Jahr sitzen sie hier. So auch heute. Das Wohnzimmer ist abgedunkelt, die einzigen Lichtquellen sind diverse zuckende Teelichter und ein rot-golden dekorierter Weihnachtsbaum. Darunter die Postgeburtsszenerie von Jesus Christus, nachgestellt mit Tonfiguren. In der Krippe sieht es kalt aus.

Chris Rea singt aus Mutters Radio, dass er es cool findet, Weihnachten nach Hause zu fahren.

«Driving home for Christmas ...», so rockt der gute Mann Christmas. Dieses Lied, diese Stimme, diese Stimmung, zusammengefasst: dieser beschissene Kitsch erregt mentale Destruktivität und gedankliche Autoaggression in mir. Bestimmt sind schon andere Menschen während dieses Liedes gestorben, weil sie einfach vergessen haben zu atmen.

In der Sofaecke sitzt meine Mutter in einer unbequemen Haltung und hat feuchte Augen. Zwiebelschneiden und Weihnachtenfeiern machen diesen negativen Zauber. Sie sieht mich stumm an und ich sehe in ihr verheultes Gesicht, in ihre Kummersehschlitze, die gerötet und geädert glänzen. Das ist jedes Jahr so. Depression und Weihnachtsfeier. Mentale Wüstenlandschaften in ihrem Gesicht, und ihre Augen sind tränendurchflutete Oasen, die niemand betreten mag. Trauer-Power ...

Ich weiß, dass meine Mutter täglich weint. Ich weiß, dass sie mich gerne öfter sehen und sprechen würde. Ich ahne, dass sie ein Geheimnis hat, wahrscheinlich aus ihrer Kindheit, dessen Offenbarung ihre eigenen, eng gesetzten Moralgrenzen sprengen würde. Mit zitternder Stimme begrüßt sie mich. Ihre Neurosen zerfahren ihr Innerstens und sie kämpft um ihren Ausdruck, der aber ein elender bleibt. Seit ich nicht mehr in diesem Haushalt wohne, fällt es mir immer schwerer, diese Frau zu verstehen.

Ihr gegenüber sitzt mein alter Vater. Schon wieder weniger Haare. Sein Gesicht durchziehen tiefe Furchen, aber die Lachfalten um seine stahlblauen Glitzeraugen machen aus ihm eine positive Erscheinung. Sein Verfall ist unaufhaltsam und in meinen Besuchsabständen sehr gut mitzuverfolgen. Er ist ein rasant alternder Arbeiter. Auch er hat feuchte Augen, resultierend aus dem in ihm befindlichen Chaos der Freude mich zu sehen und seinem Restleben: Maloche, Psychofrau, toter anderer Sohn und die Unfähigkeit, nicht aus diesem Leben, dieser verdorbenen Existenz ausbrechen zu können.

Es ist das zweite Weihnachtsfest ohne meinen Bruder. Der starb bei einem Unfall. Er frontalcrashte eine junge Frau, die ebenfalls verstarb. Genau dieser Abgang passte zu seinem kurzen Leben. Sein Körper war mächtig verstümmelt, wie auch sein Kopf. Er war ein Live-fast-die-young-Mensch, und der Drive-fast-die-krass-Tod passte in sein Lebenskonzept. Ich habe das begriffen. Der Tod gehört zum Leben. Manchmal ist er das Leben. Stellenweise nur durch Atmen und Nicht-Atmen zu unterscheiden. Das ist manchmal alles. Es ist alles so einfach.

Ich bin zu Tisch mit meinen Feuchte-Augen-Eltern. Wir essen. Die Nahrung ist fleischlastig, Herzinfarkt fördernd und Cholesterinspiegel hebend. Mutter serviert die Magen füllenden Speisen aus ihrer depressiven Küche: Es gibt Schnitzel, Kroketten und als fettfreie Beilage grünen Salat. Dazu eine braune Soße. Tradition serviert mit Tränen. Die Tragik steckt im Detail.

Dazu gibt es Rotwein. Den hat mein Vater ausgesucht. Er trinkt schnell. Besaufen hat für ihn immer noch einen großen Realitätsverdrängungsaspekt. Diesen rechne ich ihm hoch an. Will mich auch besaufen mit meinem tränenreichen Vater, aber ich will ja später noch mit dem Wagen zurück. Deswegen trinkt der Held der Arbeit allein. Gewohnheitssache.

Wir reden nicht über meinen Bruder. Totschweigen des Toten ist angesagt. Aber die Wahrheit ist schwer zu belügen ...

Irgendwann ist auch mal mein Opa gestorben. Das Oberhaupt einer großen Familie. Ein Mann, der im Krieg war und der nach Hause kam. Ein Geschichtenerzähler sondergleichen, auf dessen Schoß man ewig Kind sein wollte. Er starb auf der Pflegestation eines Krankenhauses.

Aber Opa war alt und voller Krebs. Der Vater meines Vaters. Die frühen Generationen brechen einfach so weg. Er ist im Krankenhaus verstorben. Wir waren bei ihm, als er ging. Es hat mir nichts bedeutet. Alle sagten, es war besser, vor allem die sonderbare Tante Irmgard. Den Kranken und Alten der Tod. Opa war fünfundneunzig. Diesen Tod haben meine Eltern gut verdaut. Meines Vaters Blick ein nach vorn gerichteter. Stolz auf seinen alten Vater, den Verlierer gegen Innenorgankrebs. Das ist jetzt drei Jahre her.

Ich esse auch vom toten Schwein, obwohl ich eigentlich Vegetarier bin. Vielleicht kann ich so dieses Elend besser nachvollziehen. Solidarität mit Tätern und Opfern. Ich schlucke das tote Tier in mich hinein und werde ganz weich davon im Kopf. Manchmal vermute ich, dass meine Mutter meinen Vater langsam mit dieser fettigen Nahrung töten will, nur aus dem Grund, weil so viel Scheiße in ihr steckt, die nicht raus kann. Deswegen auch viele ihrer Neurosen.

«Nimm doch noch ein drittes Schnitzel!» Ein Mutterwort mit melancholischem Unterton, aus dem Undankbarkeit und Elend wimmern.

«Ne, eigentlich bin ich total satt.» Väterlicherseits wird sich bequem Rotwein schlürfend zurückgelehnt.

«Ach, komm ...» Mutters Gabel übernimmt den Fleischtransport auf Vaters Teller.

«Hm ...» Mein Vater beginnt zu Essen, ohne Widerwillen und Genuss. Er kaut schmatzend. Wie eben ein Arbeiter Fleisch verzehrt.

Dieser Tragik wohne ich stumm bei. Mein Vater kaut lautlos die gebratene Schweineleiche und es ist noch Salat da. Den nimmt meine Mutter und genießt dazu ein leicht blubberndes Mineralwasser. Alles rein in den Heulkopf und nichts raus. Ihre Sentimentalitäten werden nicht zu Worten. Nie.

Das Essen findet glücklicherweise irgendwann ein Ende. Ich finde nichts mehr. Nicht mal mehr mich selbst. Erkenne nur, dass ich der Sohn meiner Eltern bin, weil ich ab und zu aus dem Nichts feuchte Netzhäute bekomme und einfach so losheulen könnte. Das Schnitzel im Bauch macht träge und ich trinke Wasser.

Aus dem Radio wird weiterhin Christmas gerockt und zwar fürchterlicher als zuvor.

«Last Christmas, I gave you my heart,
but the very next day, you gave it away,
this year, to save me from tears,
I give it to someone special.»

Tu das, George Michael, aber lass mich bitte damit in Ruhe. Sein Wham!-Kollege musiziert sich einen zurecht, und das Lied wird von mir schlimmer als je zuvor empfunden. Folter, Folter, keine Gnade. All diese künstlichen Sentimentalitäten werden mir zu viel. Als ob die realen Probleme nicht schon ausreichen würden.

Ich schenke ihnen was. Den Eltern, den Guten. Tee für meine Mutter, damit sie sich gesund fühlen kann, obwohl sie ja neurologisch gesehen vollkommen destroyed ist. Ein Garten voller rot blühender Neurosen. Socken für meinen alten Vater, der sich für diese Banalität überschwänglich bedankt. Auf den Baustellen dieser Welt ist es arschkalt um diese Jahreszeit und hier im Haus sowieso, obwohl die Heizung ganze Arbeit leistet.

Die Zeit vergeht und verrinnt unter Schweigen und dem Austausch von Belanglosigkeiten. Es werden Nüsse geknackt und am Rande versuche ich, mit meinen Eltern über Globalisierung zu reden, wenn sie schon nicht persönlich werden wollen. Sie wollen beides nicht. Es wird später.

Irgendwann gehe ich, verabschiede mich mit einem «Bis demnächst» und meine doch nur: «Gut, dass es vorbei ist.» Ich habe noch Kraft meinen Familienmitgliedern an diesem Heiligen Abend ein Lächeln zu widmen, das aber nur eine Maske ist, denn in mir ist Chaos der Familie wegen.

Ich verlasse mein Elternhaus. Draußen hat es sieben Grad unter Null, doch ich empfinde emotionale Wärme, als ich die Haustür schließe, hinter der meine Eltern ein Leben leben, das ich nicht verstehen kann.

Ich steige in mein Auto und mache das Radio an. Punkrock durchflutet mein Gehirn und ich beginne mit Reflexionen des Abends und meines Lebens. Außerdem setzt Verdrängung ein.

Ganz bewusst.

Alles scheint so leicht zu überwinden
für tausend Jahre, tausend Male und immer wieder Morgen
der Vertrag geht zum Teufel durch die Flucht ins Wort
und irgendwann stirbt er leise, keiner weiß
...

auf der Stelle sitzend, wie ausgeweidet
für tausend Jahre
er wartet, wartet und immer wieder MORGEN
der Vertrag geht zum Teufel, er weiß nicht, was es heißt
an der Stelle zum Tod, das Gefühl niemals gelebt
mit einer Kugel im Kopf

...

Slime – Die Leere

Mit diesem Song fahre ich bedenklich langsam zu meiner Mietwohnung. Vielleicht haben wir irgendwann mal den Mut, über alles zu reden, uns wie gewöhnliche Familienmitglieder in die Arme zu schließen, um unsere Persönlichkeiten zu teilen. Denn wenn man dies tun kann, ist manches doch weniger schlimm.

Ich würde ihnen so gerne meine Sentimentalitäten und Zerbrechlichkeiten erzählen. Das Fragile in meinem Leben zu Wort bringen, meinen Eltern gegenüber. Doch alles ist zu und jeder Weg blockiert. Gelegenheiten, unser Zaudern zu überspringen, wird es noch viele geben, doch ich weiß, alle bleiben ungenutzt.

Wir müssen alles ertragen, und ich kann nicht leugnen, dass ich ein Feiertagsunschönfinder geworden bin über die Jahre. Auch der Familie wegen.

Die letzten dreißig Sekunden

Es ist dunkelgraues Wetter. Bedrohlich wabert Nebel über der Straßenoberfläche. Aber die Nacht ist leise und einzigartig in ihrer Erscheinungsweise.

Ich fahre relativ schnell auf einer Landstraße. Mein Auto gibt mir Recht. An beiden Seiten erheben sich alte Bäume. Dahinter wird ansonsten Landwirtschaft betrieben.

Kokain kitzelt mir noch die Nase wund. Komme von einer Party, auf der ich mit einer Frau schlief, die nicht meine war. Da war es laut. Komme gerade ein wenig runter, bin aber noch leicht angeturnt. Das monotone Betriebsgeräusch des Autos beruhigt. Die gleichbleibende Kontinuität der Fortbewegung ebenfalls.

Coming down from being high. Um dann auf dem Boden der Tatsachen diese zu ignorieren.

Meine 132 PS bringen mich heim.

Ich bin im Gedankentaumel, doch der Wagen kennt den Weg. Ich überhole einen LKW, von vorn kommt ein Auto. Ein Golf IV, inklusive Tuninggepimpe. Ich habe keine Angst, warum auch. Mein Kokainlächeln. Es wird böse enden, denke ich so bei mir, zumindest wird mir eine maximal schwere Verletzung, die meinen Körper verteilen wird, zuteil.

Na und?

Ich erkenne noch die Fahrerin, eine kindlich wirkende blonde Frau mit übergroßen grünen Augen. Weit aufgerissenes Antlitz. Ein Zusammenstoß ist unvermeidbar. Sie lichthupt und es glitzert in meinem Kopf. Zwischen uns nur Nebelsuppe. Grau und einfältig.

Ein Film.
Nur in meinem Kopf.
Mein Leben in dreißig Sekunden.
Blutverschleimte Geburt. Die Hände des Vaters und der Mutter, die mich tragen. Glückliche Kinderjahre. Und lachende Eltern. Ein großer Bruder ohne Willen.
Autos.
Frauen.
Party.
Drogentoleranz.
Freiheit.
Leben zu Genüge.
Ein letzter Abend, dieser vorhin. Es war gut. Überredungskunst und Kokain. Wildes Ficken. Vaginales Zucken. Und dann diese Fahrt. Ich fahre mich heim. Der Film endet hier.
In mir verreist alles, Erinnerungen und Gefühle mit Koffern in der Hand und Sonnenbrillen auf den lächelnden Gesichtern ...

Der Vorhang schließt sich und ich breche mit dem Schädel durch die Windschutzscheibe meines Wagens. Metallscherbenfleischwunden. Dann durch ihre Windschutzscheibe. Die Scherben, die ich verursache, trennen sanft das Muskelfleisch meiner Bauchdecke. Außerdem trennen sie mir einen Arm ab. Sauberer Schnitt am Schultergelenk links. Ich dringe fliegend liegend in den Wagen der Blondine ein. Begegnung mit der Trümmerfrau.

Da sind Geräusche beim Fliegen und Eindringen durch die Scheibe. Zwischen Splittern und Weltkrieg tobt ein egozentrischer Amok vorbei. Unvergleichbar, weil nie zuvor wahrgenommen, zirkulieren diese abstrakten Sounds an meinem kaputten Kopf vorbei. Dann schreit die Frau laut und todesnah und übertönt alles.

Ihr Gesicht ist überströmt von allerlei Körperflüssigkeit. Da sind jetzt Schreie aus ihrem unübersichtlichen Kopf und Metallstreben in ihren Organen. Ihr Schädel ist oben offen und die meisten ihrer blonden, gepflegten Haare liegen auf der Rückbank ihres Golfs. Gehirn bahnt sich fließend den Weg aus ihrem Innenschädel Richtung Handschuhfach. Das läuft voller Gedanken und unerfüllter Pläne und Missionen. Verteilt sich träge sickernd im Innenraum. Gehirn klatscht stumpf auf die Fußmatten. Das ihre wie das meine.

Die Blondine hört auf zu schreien und zu atmen. Blutet und sickert aber weiter. Sie ist wunderschön, auch ohne ihr junges Gesicht. Blutende Hautfetzen überall. Rosenrot schimmernd und Leben reflektierend. Die letzten Zuckungen einer Existenz.

Unfreiwilliges Extremsterben unsererseits.

Sie und ich. Es ist dieses Gefühl von LEBE SCHNELL - STIRB JUNG - HABE EINE GUT AUSSEHENDE LEICHE.

Kurt Cobain – Jim Morrison – Che Guevara – ich.

In ihrem Autoradio läuft Phillip Boa & The Voodooclub: ‹The girl who wants to die every day.› Ich erkenne dieses ironiegetränkte Lied: «...can I introduce myself, I'm the girl who wants to die every day, and I love it, no grant of rights, in dreams I lie, in dreams I lie, in selfishness I cry, in carisma I die, let me introduce myself, me so nice and lovely, ... I'm the girl who wants to die every day ...» Sie hat einen guten Musikgeschmack.

Da ist kein Schmerz mehr. Blutiges Ableben. Fleischreste, Menschensubstanzverteilungsmaßnahme. Gut, nicht allein zu sterben. Das Licht wird langsam runtergedimmt. Slowly. Dreißig Sekunden Sterbenszeit. Vom Aufprall bis jetzt. Mein Kopf ist völlig zerstört. Mein Körper eine einzige klaffende Wunde, aus dem mit jedem flachen Atemzug stoßweise Blut entweicht. Es wird alles leicht und melodiös um mich. Die Musik. Ist immer noch da: ‹I'm the girl who wants to die every day.›

Die Frau, auf der ich liege und mit der ich heute sterbe, sie ist schon gegangen.

Ich hinterher.

Zur Sonne.

Bruchzeit zwischen Ein- und Ausatmen.

Vergänglichkeit hat es eilig und das Leben meint es ernst. Es stiehlt sich aus meinem Herzschlag. Raus.

Perfekter Augenblick. Unbedingt merken. Aber niemandem davon erzählen. Niemals ...

Aus.

Vier Finger Vergewaltigung

Zur Weihnachtszeit macht unsere Scheißstadt wieder einen auf Prostituierte. Das hat sie eigentlich gar nicht nötig, die billige Schlampe von Stadt. Betonhure, die alte.

Aber sie tut's jedes Jahr wieder. Kleidet sich in bunte Lichter. Macht betäubenden Lärm mit trägen Melodien. Nennt sich vorweihnachtlich und ist konsumierbar. Die begehbare Schlampe. Ihr Herz ist aus Beton. Ihre Genitalien triefen vor Kitsch. Kitzlerkitsch, der kotzend macht, wenn man denken kann. Leider kann ich denken.

Der ganze Mist hier stinkt dann nach Wurst, Glühwein und dicken Leuten. Die behängen sich mit Plastiktüten und kaufen die ganze Scheiße, die ihnen das Werbefernsehen aufgedrängt hat. Das packen sie in ihre Tüten und laufen dann Wurst kauend rum, schreien ihre Kinder an und sind ansonsten geblendet vom Lichterwahn. Dessen gleißende Geilheit verheißt nichts Gutes. Vom Strom, der so durchgeht, könnte man wahrscheinlich ganz Südafrika mitversorgen. Oder abfackeln. Macht aber keiner, ist ja Weihnachten. Und da ist jeder Gutmensch eben Gutmensch und denkt nix Böses beim Leben.

Die Kleinmetropolenschlampe, in der ich wohne, hat aber auch so genannte Naherholungsgebiete. Wälder und Wiesen, die vom Weihnachtsglitzeramok noch verschont geblieben sind. Da sind keine Häuser, da ist dann nur grünes, unaufgeräumtes Zeug, das von einigen Wanderwegen durchkreuzt wird. Da bin ich immer gern.

Momentan steht mir mein Fluchtverhalten sehr gut. Denn da kommt was zusammen. Die Summe der Leid bringenden Einzelteile. Der eben schon erwähnte Vorweihnachtsfaschismus und der Tod meiner Freundin Julia.

Die hatte einen Autounfall, weil irgend so 'n Assi im Sportwagen einfach überholen musste. Dann gab es eine frontale Zusammenkunft und zwei Tote, eine davon die Julia. Die war gerade einundzwanzig. Damit muss ich erst mal klarkommen.

Die Vergänglichkeit hatte es sehr eilig. Mit einem unachtsamen Moment in einem Leben gingen die Lichter aus. Ihr Schädel war komplett zerstört vom Metall des Unfallgrauens. Vorn und hinten hatte sie Riesenlöcher im Kopf. Als sie gefunden wurde, lief noch ihr Autoradio, aber ihren letzten Atemzug auf diesem Planeten hatte sie schon hinter sich.

Beerdigungserzählungen ihrer im Heulkrampf befindlichen Eltern zufolge und die Lokalpresse setzten mir dieses Bild zusammen.

Ich war auch am Unfallort.

Julia ist tot.

Eine Kerze für sie. Unsere Gemeinsamkeiten beschränkten sich aber bei genauerem Hindenken auf die Oberflächlichkeit der Tiefen- und Pseudophilosophie. Ein adäquater Quatschmensch. Wir saßen meist herum, rauchten, tranken und sprachen dem Leben die Lebbarkeit ab. Ein Mensch mit Mund zum Reden und Gehirn zum Verstehen. Ihr Verlust ist tragisch. Die salzige Feuchtigkeit bildet sich erneut in meinen Augen. Ich muss hier raus, in diese unvergiftete und mental beruhigende Naturschutzgegend.

Auf dem Weg ins Grüne schlendert am Straßenrand beidseitig Sportlergesindel herum und vergnügt sich mit Nordic Walking. Schlimmer Auswuchs unserer Gesellschaft. Sogar ein Tumor im Sportbereich finde ich.

Ich habe nur Zigaretten dabei. Auf der Fahrt raus rauche ich sieben.

Raus aus der asozialisierten Gegend.

Ich fahre nicht sehr schnell, denke dafür aber rasant.

Denke Sachen wie Freundschaft,

Antikapitalismus,

Weizenbier

und Analsex.

Gesprächsthemen von Julia und mir. Jetzt ist sie Vergangenheit und doch so relevant wie nie zuvor. Erst wenn jemand geht, bemerkt man gemeinhin seine Wichtigkeit. Sehnsucht ist uneffektiv.

Fahre außerdem an der Stelle vorbei, wo es geschah. Da hat Julias Mutter ein Kreuz aufgestellt, umsäumt von Kerzen. Um der schönen Erinnerung willen. Ein Blick von mir und dunkelrot leuchten Kerzen. Flackernd in der Dämmerung.

Ich parke am Waldesrand. Steige aus und lasse mein kleines, rotes Feuerzeug aufflackern. Inhaliere und beobachte dann den aus meinem Mund ziehenden Qualm, der gleichzeitig nach Freiheit und Sucht schmeckt.

Blicke auf die vor mir liegende Baumfront, die außer mir niemanden zu interessieren scheint. Die Natur macht ihre ganz eigenen Geräusche. Weit weg vom Lärm der Betonlandschaft, hinein in die Natürlichkeit der Eigentlichkeit. Jedes Mal, wenn ich hier bin, denke ich: So ist der Mensch eigentlich gemeint. Ich begrüße die Bäume wie alte Bekannte und freue mich über ihr mystisches Rascheln als Antwort.

Ich genieße die Luft. Solche Luft gibt es nur in Wäldern. Die Luft hat so richtig Volumen. Füllt die Lungen von selbst.

Ohne Einatmen fickt mich der mich umgebende hochkonzentrierte Sauerstoff. Die Umgebung ist dunkelgrün. Es ist nicht kalt ... weil es schön ist.

Es bleibt auch nach mindestens tausend Schritten Richtung Innenwald schön. Ich mache Knistersounds mit meinen Füßen auf umherliegendem Geäst. Kleine Knochenbrüche, denke ich.

Julia fliegt durch meinen Kopf.

Mit ihr war ich nie hier. Immer nur allein. Es hätte ihr auch nicht gefallen, glaube ich. Sie war eher interessiert an städtischem Leben ohne Erholung und Naturreflexion. Schade für sie.

Die Dunkelheit senkt sich still in den Wald. Bohrt sich durch bis zum moosigen Boden. Von oben schreit ein Vogel den nahenden Abend an.

Eine Hand an meinem Arsch, die nicht meine ist. Ich erschrecke wie unter Starkstrom. Da fasst mich ein Fremder an. Reibung. Mein Herz läuft Amok.

Heiserer Atem in meinem Nacken und eine feuchte Zunge hinter meinem linken Ohr. Gleichzeitig fährt eine Hand unter meine Jacke und sucht nach meinen Brüsten.

Scheiße.

In meiner Poritze spüre ich einen erregten Penis. Der drängelt im Analbereich von Backe zu Backe.

Da findet eine Menge ungewollter, ungewohnter Reibung statt.

Worte fallen wie «Komm, du kleine Sau!» und «Jetzt aber ...» In seiner Stimme bemerke ich eine heisere Geilheit, die mich vollends in Panik versetzt. Außerdem rieche ich seinen muffigen Adrenalinschweiß, der unwaldgemäß in meine Nase strömt.

Angst flackert auf.

Instinktiv lasse ich mein rechtes Bein nach hinten schnellen und treffe ihn am Schienbein. Er schreit kurz auf und sein Griff wird etwas lockerer.

Am Oberkörper des nicht zu erkennenden Triebtäterfreaks stoße ich mich ab und falle unsanft auf den Waldboden. Er fällt auch, aber ich stehe schneller wieder auf.

Renne.

Wohin, ist egal.

Nur rennen.

Nicht auch noch das.

In meinem Kopf ist Katastrophenalarm.

Konzentrationsamok.

Auf der Flucht entwickle ich sportliche Höchstleistungen. Er ist hinter mir. Ich kann ihn riechen.

Das Schwein kommt. Seine schnellen Schritte machen das Holz knacken. Mir folgt sein Atem und sein Geruch und das fiese Böse in ihm.

Der Weg ist nicht mehr sichtbar, weil es bereits stockdunkel ist, aber ich weiß ungefähr, wo ich bin und dass ich gleich nach links muss und dann da nach zweihundert Metern mein Wagen steht. Ich höre seine federnden Schritte und knackendes Kleinholz.

Hinter dieser Biegung steht mein Auto. Ich habe noch Kraft, meinen Gang zu beschleunigen.

Mit der Angst als Triebfeder. Ich biege ab – und da steht es.

Keuchende Stimme im Rücken.

Und immer noch schnelle Schrittfrequenz. Der Typ ist vielleicht fünfzig Meter hinter mir. Ich weiß genau, dass der Schlüssel noch steckt. Tür auf. Hingesetzt. Tür zu. Etwas schreit. Könnte ein Tier sein. Der Triebfreak ist direkt neben meinem Auto, als ich dieses zünde.

Eine Hand schlägt gegen die Scheibe. Macht auf dem Glas laute Geräusche. Eine geballte Faust des Zorns und der unvollendeten Geilheit trifft mein Seitenfenster vier- bis fünfmal.

Bamm!!! Bamm!!! Bamm!!! Bamm!!!

Das Auto ist betriebsbereit. Das Motorengeräusch macht Hoffnung. Zumindest für Bruchteile von Sekunden. Dann fahre ich los. Glücklicherweise steht mein Auto in korrekter Fahrtrichtung.

Erster Gang. Nur Angst.

Zweiter Gang. Mehr Angst. Der Typ rennt neben meinem Wagen her und schlägt gegen die Scheibe.

Dritter Gang. Das Schwein gibt auf. Er verliert an Tempo. Ich gewinne an Tempo. Die nächste Straße ist eine größere. Ich zittere, weine, kollabiere. Ich habe ein Gefühl, als könnte ich nur noch ausatmen. Meine zu ersticken.

Mein ganzes Bewusstsein besteht aus Schock und Ekel. Weiß mich aber außer Gefahr, was ungewollten Fremdsex anbelangt.

Was für ein Arschloch! Ich muss mir die Tränen aus den Augen wischen, um die Straße vor mir zu erkennen.

Der Heimweg ist wieder den Zigaretten bestimmt. Ich will duschen und gleichzeitig mindestens zwei Feuerzeuge leer rauchen. Ich habe ein kaum zu ertragendes Gefühl von Ich-will-nicht-geboren-Sein. Bin ich aber. Stelle mich mir selbst.

Langsam beruhigt sich was in mir. Mein Herz nimmt wieder seinen gewöhnlich entspannten Rhythmus auf.

Einzige Aufregung: Solche scheiß Freaks laufen in unseren schönen Naturschutzparks rum und stecken ihre unqualifizierten Schwänze in alles Wehrlose.

Schreiende Ungerechtigkeit. Die Bullen sollen davon erfahren. Aber die machen wieder nix, außer sich aufgeilen. Weil ich keine Beweise dafür habe, außer meine Angst, und die beweist einen Scheiß. Natürlich hab ich keine Beweise, aber ich kann seinen Gang und seinen Atem beschreiben. Notfalls auch seinen drängenden Schwanz.

Ich fahre nach Hause, stelle meinen Wagen auf einem spärlich beleuchteten Parkplatz ab und plötzlich habe ich doch einen Beweis für diese Schweinetat. Zwischen Türrahmen und Tür sind vier blutige, knochige Männerfinger eingeklemmt. Sehen aus wie kleine Würstchen, die noch nicht ganz gar sind. Die sehe ich, könnte kotzen, lache aber und fahre direkt zu den Bullen.

Ein Beweis, ein Beweis!

Da komme ich dann an und steige auf der Beifahrerseite aus, um die Beweise so zu lassen, wie sie sich ursprünglich angeboten haben.

Nach kurzer peinlicher Unterredung im Vergewaltigungsbüro zeige ich den Policedeppen die Beweise, die noch in meinem Auto klemmen. Die ermittelnde Beamtin kotzt, wo sie steht, ein anderer Beamter grinst sich eins ob der Erbrechensorgie der Verbrecherjägerin.

Nach einer guten halben Stunde Ermittlung hat man die Sau gefunden. Der ist halb verblutet in einem Krankenhaus gelandet. Stammelte irgendwas von Sägearbeiten in der Dämmerung, als er eine fremde Frau auf der Straße anhielt, die ihn freundlicher- und unwissenderweise im nächsten Krankenhaus abstellte. Da fand dann 'ne Notoperation statt. Und wenn der Typ aus dem Narkoseschlaf erwacht, ist er quasi schon in Polizeigewahrsam.

Das Schwein hat nur noch den Daumen der rechten Hand behalten, der Rest ist mit mir mitgefahren und konnte als Beweis für eine Straftat verwendet werden.

Sie haben ihn also und ich will nach Hause. Der Lachbulle von eben kommt mir noch mal auf dem Flur entgegen. Fragt, ob ich Kaffeelust habe.

Habe ich.

Kurz darauf kommt er mit zwei dampfenden Automatenkaffees um die Ecke. Die Dinger stinken. Wir setzen uns hin und er fängt an, mich zu bedauern.

Er so: Harte Sache.

Ich so: Klar.

Er so: Solche Leute gehören der Todesstrafe zugeführt und dürfen eigentlich nicht frei rumlaufend hier in Deutschland.

Ich so: Ne danke, keine Milch, kein Zucker. Klar, Penner, der Typ. Strafe genug, nur noch mit dem Daumen wichsen zu können.

Er so: Also, wenn du psychologische Betreuung brauchst, ich kenn da 'ne Menge guter Leute. Also, als ich mal einen Flüchtigen angeschossen habe, da ...

Was soll denn der Scheiß jetzt. Ich wollte Kaffee und Schweigen, und was bekomme ich? Kaffee und dieses Psychogelaber. Der Jungbulle macht auf Verständnis. Aber eigentlich baggert er mich schamlos an.

Zwischen Verständnisheuchelei und Sexsucht in seinem verfickten, testosteron-verrückten Männerhirn. Darauf habe ich absolut keinen Bock, und ein heißer Kaffeeschwall in seine verkommene Schönlingsfresse beendet dieses Gespräch.

Ich so: Da.

Er so: Aaahhh! Aua.

Der Uniformierte brüllt mir noch irgendwas hinterher, als ich schnellen Schrittes dieses Gebäude verlasse. Voller tragischer Unzuversicht und mit wenig Verständnis für alles.

Ich gehe.

Da ist der Parkplatz, da mein Auto. Die vier Finger haben sie entfernt und in ein Glas getan. Was die wohl damit machen? Und wenn es zur Gerichtsverhandlung kommt, nehmen die Finger auch Teil unter den falschen Namen ‹Beweisstück 1-4›?

Das Leben ist ein seltsames. Absolut.

Generation Kaffee Kippe

Ihr sitzt in euren Zimmern und ihr wartet auf das Glück
und ihr habt schon zwanzigtausend Zigaretten ausgedrückt,
redet nur von den Projekten und von eurem neuen Stück.
Manchmal frag ich mich, bin ich oder ihr verrückt?
...
Es gibt eine Herzlichkeit jenseits von Jonglieren,
das ist doch wirklich gar nicht allzu schwierig zu kapieren.
Ihr werdet hunderttausendmal Kaffee trinken gehen
und werdet hunderttausendmal wieder nichts verstehen.

Ich will nicht schlecht über euch reden,
es ist ja doch nur primitiv.
Ich verabscheue euch wegen
eurer Kleinkunst zutiefst.

Tocotronic – Ich verabscheue euch wegen eurer Kleinkunst zutiefst

Da sitzen wir in diesem Keller von Mandy. Die mich umgebende, schwer zu atmende Luft ist rauch- und kaffeegeschwängert. Wir hängen hier rum, treffen uns hier, um Kunst zu machen.

Gedanken machen und verwerfen.

Wir wissen alle, dass vor der Tür ein mächtiges Unheil auf uns wartet, dem wir uns mit unserer Kunst entgegenstellen wollen.

Kontrakunst.

Der Kontrast zur Gesellschaft. Aufrühren wollen und Emotionen provozieren. Alle hier sind mächtig high.

Da sitzen wir in diesem Keller von Mandy. Alle mächtig am Rotieren des Kaffees wegen. Alle Köpfe kreativ denkend.

Draußen ist feindlich. Bloß keinen Schritt vor die Tür setzen. Nicht raus, wir wissen doch, was uns da erwartet. Unverständnis und Wahnsinn.

Leuchtender Wahnsinn.

Globalisierung, Massenarbeitslosigkeit, Konsum, Kapitalismus, Neofaschismus und zu guter Letzt der sterbenswürdige Tod.

Dagegen wollen wir vorgehen. So intellektuell wir sind, so still und desillusioniert sind wir leider auch.

Da sitzen wir in diesem Keller von Mandy, und Joints machen die Runde. Es dampft gewaltig und keiner sagt ein Wort. Mandy fotografiert das alles mit ihrer Digitalkamera. Jeden Einzelnen von uns als nebelumwobenes Kunstwerk, digital konserviert.

Nichts passiert, Mandy tanzt um die Sofas und es klickt und blitzt durch die Rauchfront. Mandy heißt eigentlich Manuela, aber auch das scheint sie mittlerweile vergessen zu haben.

Da sitzen wir in diesem Keller von Mandy. Paul ist auch da und er beginnt eigene Gedichte zu zitieren. Paul frisst alle Drogen, die er bekommen kann. Vorhin waren es bunte Tabletten, vier oder fünf. Er ist ein Menschenkarton mit chemischem Inhalt. Paul spricht langsam und lallend:

«Lesen ist wie Fernsehen zu Fuß

was muss, das muss

am Ende Drangewöhner

und wir scheitern immer schöner.»

Nach diesen Worten begibt sich Paul wieder in seine Wohlfühllethargie und lässt seine Kreativität ermatten. Es steht nicht gut um ihn.

Da sitzen wir in diesem Keller von Mandy. Lisa und Tim ficken auf dem Sofa. Lisa sitzt auf Tims Schoß, und Tim knetet dumm ihre Brüste. Beide schreien wild Nietzsche-Zitate durch den Raum und geben sich stumpf ihrem Trieb hin.

«Überzeugungen sind gefährlichere Feinde der Wahrheit als Lügen.»

«Die Forderung, geliebt zu werden, ist die größte aller Anmaßungen.»

«Was ich lieben kann am Menschen, das ist, dass er ein Übergang ist und ein Untergang.»

All das geschrien, während sich Genitalien duellieren. Faszinierende Seltsamkeit ergibt sich aus diesem Anblick.

Da sitzen wir in diesem Keller von Mandy. Ich weiß auch nicht, wie lange ich schon hier bin. Vielleicht drei oder vier Wochen. Mich hungert nach frischer Luft, neuem Wissen und Menschen, die wissen, was sie wollen.

Neben mir sitzt Albert. Der ist vierundfünfzig Jahre alt und malt seine Gedanken. Es sieht aus, als hätte es ein Vierjähriger im Kindergarten hingeschmiert, aber diese Kacke geht in Albert vor. An der rechten Hand hat er nur noch den Daumen, doch er mag nicht über diese Verletzung reden. Albert trinkt ein Glas Strohrum mit Cola, und nach diesem Konsum schließt sich sein Bewusstsein.

Er hat mal ein Bild an einen Blinden verkauft.

Sein einziger Erfolg.

Da sitzen wir in diesem Keller von Mandy. Über die Hälfte aller Anwesenden haben sich bewusstseinserweiternden Pilzen hingegeben und erkunden ihr neu strukturiertes Umfeld. Sie spielen ‹Ich sehe was, was du nicht siehst› und erkennen nicht den Ernst ihrer Lage und ihre falsche Hingabe.

Da war mal viel Kreativität, wo jetzt nur noch Hirnteile glühen oder ganz fix drogenbetäubt werden wollen. Das Nicht-Erkennen, dass die Kunst doch im Leben verwurzelt ist, nervt mich an dieser Zusammenkunft gewaltig.

Mir hört ja auch keiner zu, denke ich so in mein Bier hinein und schaue mich um.

Da sitzen wir in diesem Keller von Mandy. Aus der Stereoanlage scheppert zu leise zum Wachrütteln ‹Die Dreigroschenoper› von Brecht und Weill. Die Ironie des Stückes ‹Lied von der Unzulänglichkeit menschlichen Strebens› zirkuliert eine Minute vierunddreißig in meinem Schädel. Warum versteht das keiner mehr?

Wir sind keine Freunde mehr.

Scheiße, wir waren NIE Freunde,

immer nur eine Zusammenkunft von Theoretikern. Kunst war uns wichtig. Ich muss hier raus. Ich muss hier weg. Mein Hunger nach Zuversicht und frischer Straßenluft wird unerträglich.

Da sitzen wir in diesem Keller von Mandy. Mandy hat ihre Kamera auf mich gerichtet. Die schlage ich ihr aus der Hand und gebe ihr eine satte Ohrfeige als Bonusfeeling.

Sie fällt zu Boden und fotografiert dort weiter. Ich erhebe meinen Körper und bemerke sich lösende mentale Fesseln. Ja, ja, wer sich nicht bewegt, spürt auch seine Fesseln nicht, ihr Deppen! Ich stoße beim Verlassen des Kellers an den Glastisch, auf dem sich Tim gerade 'ne Line weißes Pulver in die Nase saugt und sich wie der König eines Niemandslandes fühlt.

Ein paar Treppen später bin ich glücklicher als zuvor.

How to lead an intelligent life? So geht's.

Ich habe mir mein Bewusstsein zurückgeholt. Meinen Kopf zerschlagen und neu zu denken begonnen. Augenblicke später sind auch nur Zeit.

Da stehe ich vor Mandys Haus.

Atme tiefe Züge.

Leben. Hier draußen passiert es.

Laute Autos fahren schleppend vorbei und machen die Luft stinkend.

Weiteratmen. Ein und aus.

Wie geil ist das denn?

Die Welt ist kaputt. Kapitalistisch verseucht und menschlich am Rand. Aber echt. So echt, dass es wehtut, und ja, es tut weh, hier zu sein und zu erkennen. Da unten im Keller kann ich aber dagegen nichts machen. Da kann ich nur sitzen und warten. Und ein wenig ansterben. Und dem Verfall de luxe zusehen. Dem voranschreitenden Theoriewahnsinn, der sich wahrscheinlich niemals mehr in praktischen Formen darbieten wird.

Ich gehe nach Hause. Bewusste Schritte. Jeder Schritt weg von Mandys Haus erhöht den Egospaßfaktor. Was ich da erlebte, war ein kleines Totgehen.

Komme endlich dann zu Hause rein. Es ist nicht aufgeräumt, schließlich bin ich Künstler. Ich schmeiße meinen Laptop an und beginne, ein Buch zu schreiben.

Die Erinnerungen von Hans-Kathrin Rampe, dem mehrfach Fotografierten.

Also, wir können gerne noch 'nen Themenabend bei Arte dranhängen ... kein Ding ...

Die Klingelschlampe von nebenan

Deutschland, das werte Werbefernsehen. Klingeltöne für ungewaschene Erwachsene.

Wilde Mädels aus dem Osten machen ALLES für dich. Wähle null-eins-neun-null-vier-fünf-sex-sieben-fünf!

Ich will poppen statt leben. Komm in meinen Whirlpool, du Sau!

Vertief dich in mich! Mach mich klar! Wähle null-eins-neun-null-usw.!

Die Konkurrenz schläft nicht.

Sportfernsehen nach null Uhr. Irgendjemand guckt zu und fühlt sich inspiriert. Wählt eine Telefonnummer und ich bin dran.

Ich bin allein in einem Zimmer, eigentlich vertieft in ein schlechtes Buch, das Unterhaltung, Ablenkung und Spaß bieten soll.

Unterhaltungsliteratur für Frauen ab fünfzig.

Laut Zielgruppe bin ich dabei.

Ich denke kurz an Helmut, meinen Mann. Der ist schon lange tot. Ich schließe die Augen und bin in seinem Krankenzimmer. Es war voller Krebs und Helmut lag darin. Bis er mit fünfundvierzig starb. Lungenkrebs. Ich sehe noch, wie ich ihm die schmerzvollen Augen schloss und ihn in Frieden ruhen ließ. Dann mache ich die Augen wieder auf und bin in trostloser Umgebung. Eine 3-Zimmer-Wohnung in einem Industriegebiet vor Braunschweig.

Ich lese ein Buch von Hera Lind. Das scheint ja für mich dem Alter entsprechende Literatur zu sein. Jeder Auswurf dieser Frau fängt ja mit dem Wort ‹nebenan› an.

Die Gleichförmigkeit und Durchschaubarkeit dieser Arbeiten nervt. Es sind immer so Geschichten von quasi gewöhnlichen, mittelalten deutschen Frauen, die ihr Leben trotz Wirrnissen in puncto Liebe, Arbeit, Beziehungsgeflechtsfesseln und Lustbefriedigung immer sausauber in den Griff kriegen und denen danach Fröhlichkeit aus der Arschritze trieft und scheint.

Beschriebenes Glück, leicht konsumierbar. Alles in allem ohne realistische Bezüge, aber wohltuend für ein überhitztes Gemüt, wie das meine eines ist.

Alles beginnt mit ‹nebenan›. In jedem Buch fällt nebenan was runter oder schreit ein Kind oder Ähnliches. Auch ich habe zwei Nebenans.

Das Zimmer mit dem Telefon und das Zimmer mit dem behinderten Sohn. Beide sind mir zuwider. Lieber will ich hier im Sessel Hera Linds Gedankenkotze auflecken. Aber da sind diese quälenden Verpflichtungen, und ich bin ganz allein. Allein mit diesem ekelhaft realistischen Leben, das ich führen muss.

In einem Nebenan ist mein geistig behinderter Sohn. Der ist blind und leicht mental beeinträchtigt, selbst verschuldet allerdings. Der war auch mal ganz normal, bis er irgendwann durchdrehte. Jetzt ist er bei mir und ruft mit zweiunddreißig noch nach seiner Mutter. Das bin ich.

Verdammte Scheiße. Als er meinen Schoß damals verließ, dachte ich, dass ich in maximal zwanzig Jahren jegliche Verantwortung abgestreift haben könnte, die diesen dummen Jungen betrifft. Und jetzt lebt er hier, seit seinem ‹Unfall›.

Manchmal hasse ich ihn, fessel ihn an sein Bett und lasse ihn tagelang in seiner Scheiße liegen. Irgendwann tut er mir Leid, oder aber der Gestank wird unerträglich und sein wimmerndes Weinen dann fast zu meinem.

Aber nur fast.

An der Grenze zum Weinen schlage ich ihm dann meine Meinung ins Gesicht. Irgendwas zwischen Verachtung und Liebe. Da gibt es 'ne Menge Grenzbereiche. Auch beides geht parallel, zentriert auf eine Person. Da liegt das Geschöpf in seinem Zimmer und beweint seine Abhängigkeit.

Bilder an den Wänden seines Zimmers. Fotos seines Vaters, seiner Exfreundin, unbekannte Zeichnungen, die er, bereits blind, auf einem Trödelmarkt gekauft hat, Fotos von mir, seiner Mutter.

Unter diesen Fotos sein Bett. Da liegt er und wartet ständig auf irgendwas. Geduldig und ungeduldig zugleich.

Im anderen Zimmer steht das Telefon, über das ich als Verbalhure Sprechsex anbiete. Da rufen Männer an, denen ich ihre Sehnsüchte bestätige.

Vergewaltigungen, Erniedrigungen, minderjährige Schwedinnen mit Akzent, die sich auf erigierte Schwänze nur aus Neugierde setzen wollen – ich kann alles.

Nymphen, Heilige, Huren und Kinder. Und ich kenne keine Tabus.

Ich mache alles. Ich kann alles sagen.

Die Wünsche der Männer sind aber manchmal schon sehr abgefahren. Kürzlich wollte einer, dass ich mich als Deutschlands schlechteste Schauspielerin, Thekla Carola Wied, ausgebe und erzieherische Weisheiten aus der seltsamen Serie ‹Ich heirate eine Familie› zum Besten geben sollte. Wie pervers kann man eigentlich sein? Wie abgrundtief schlecht?

I don't need Thekla Carola Wied.

Der Typ kam ziemlich schnell zur Sache, und als sein Samen ihn verließ, konnte ich wieder beruhigt ich sein. Der ruft seitdem mindestens einmal wöchentlich an, und ich mache ihm die TCW. Das ist eine Aufgabe am Rand der Aufgabe, also Selbstaufgabe.

Ein anderer Mann will, dass ich seine Tochter bin und mit einer fiepsigen Stimme lispelnd um Analsex mit ihm, also ihrem Vater, bettle. Auch das habe ich nicht abgelehnt. Bin mir für nichts zu schade. Da draußen ist die Krankheit des Geistes. Ich bin nur eine Handlangerin.

Und manchmal denke ich, ich verhüte sogar Unglück, wenn ich die Männer an der Leitung abspritzen lasse, bevor sie ihren Wahnsinn und ihre abgefuckten Sexualideen in die Realität umsetzen.

Aber mit dem Klingeln des Telefons klingelt es auch in meiner Haushaltskasse, und es ist nun mal sehr teuer, einen Behinderten daheim zu pflegen.

Beim Telefonsex befinde ich mich in einer Nebenwelt im Nebenzimmer. Ich arbeite immer im Dunkeln. Realitätsverdrängungsmöglichkeit. Das Eingehen auf die Männer, die Vorstellung, wie ihre Schwänze durch ihre eigenen Hände gleiten, ihr beschleunigender Atem und die samengetränkte Erleichterung, die ich ihnen schenken kann, kicken mich. Es ist eine Reise, raus in die Fickwelt da draußen.

Ich sammle die Perversen ein und heize sie so an, dass da nur noch Matsche in ihren Köpfen rotiert.

Meine Stammkunden wissen das zu schätzen und ich werde immer besser.

Echte Berührungen und Liebe habe ich mir abgewöhnt. Ich bin nur noch verbal sexuell aktiv.

Nur noch Kopfsex.

Mehr geht emotional nicht mehr. Manchmal fickt auch eine Figur von Hera Lind in den Büchern, die ich lese. Da stelle ich mir vor, dass ich das bin. Ist aber schwer, eigentlich unmöglich.

Mein Leben ist viel zu kaputt, um ein Superweib zu sein.

Ein mechanisches Surren zerreißt die Gedankenmuster und gleichzeitig die Stille. Das Telefon klingelt und im selben Moment schreit mein Sohn. Ich gehe auf die Wünsche des kleinen, dummen Behinderten ein, danach kümmere ich mich um meinen Sohn.

So gleitet die Existenz aus meinen Händen und mein Leben schreit nach moralischen Grundsätzen. Doch alles ist so weit weg. So weit, die Träume, so weit weg, die Liebe, so dumm, das Leben.

Valentins Tat

Und wieder suchen mich Gedanken voller Schuld heim. Ich misstraue mir selbst und ich glaube, dass diese Tatsache das Schlimmste ist, was einem Menschen widerfahren kann. Unablegbares Schuldig-Sein. Wenn Gedachtes einem die Seele voll kotzt, bis diese zu zerplatzen droht, des Vollgekotzt-Seins wegen.

Ich habe es mit Verdrängung und Drogen probiert, aber die Gedanken haben sich in mir manifestiert und ziehen nun ihre verwundenden Runden. Lassen mich in die Rückhaltlosigkeit des Wahnsinns laufen und träufeln bedächtig Verderben in meinen Kopf. Mein Leben ist nun mal mein Leben. Kann da nicht raus. Es sei denn ...

Suizidgedanken in der Küche. Sitze auf einem Stuhl und höre bewusst Musik. Ich habe mir Kaffee gemacht. Trinke langsam und die Musik ist sehr laut. Der alte, tote Johnny Cash singt für mich. Das Leiden in seiner Stimme ist ein tiefes, lebenserfahrenes und väterlich mitfühlendes. Darin finde ich mich wieder.

Der Kaffee ist heiß und schmerzt leicht im Hals beim Schlucken. Auf dem Tisch liegt eine Schusswaffe. Ich werde sie benutzen.

Gegen mich.

Sie ist sehr klein vom Kaliber her. Doch der vertrauenswürdige Albaner, der sie mir verkaufte, versicherte mir, sie könne große Löcher in Menschenschädel reißen, die zum

Sterben auch ausreichend wären.

Das will ich.

Tot sein.

Dem Leben, den Gedanken, die einen denken, entkommen.

I'm just going over Jordan,
I'm just going over home ...
Johnny Cash

Alles begann mit diesem Abend im Punkrockclub in einem nördlicheren Stadtteil. Der Laden heißt ‹Durchbruch›. Klingt erst mal sehr revolutionär, doch wenn man mal mehrmals vor Ort war, ist auch diese Magie dahin.

Die Location befindet sich in einem ranzigen Industriegebiet. Programmmäßig bekommt man 'ne Menge aus den Bereichen Hardcore, Punk, Oi!, Ska und so'n bisschen Metal-Musik. Für einen Wochenendeinstieg genau das Richtige.

Da saß ich also im ‹Durchbruch› und hatte schon einiges intus. Das Bier lief an diesem Abend wirklich gut, und frisch gezapft ins saubere Glas macht dieser uralte Männerdrink doch am meisten Spaß.

Ich sinnierte ein wenig über ein Gespräch, das ich am Vortag mit einem Arbeitskollegen hatte. Ich vertrat wieder meine Meinung, dass Bier in Plastikflaschen, das aufgrund von pseudoökologischen Gründen das gute alte Dosenbier fast ganz verdrängt hat, ungenießbar sei des Plastiks wegen. Weil da immer noch zu viele Chemiepartikel im Bierchen rumwabern, die den Geschmack trüben. Mein Arbeitskollege Karl war aber der Ansicht, dass es sich beim Bier verhalte wie beim Menschen, es gehe schließlich um die inneren

Werte. Egal, ob Flasche aus Glas oder Plastik, ob gezapft im Pappbecher oder mit alter Metallummantelung, schließlich gehe es ums Bier. Ich fand diese Argumentationskette äußerst schlüssig und vor allem sehr menschlich.

Karl ist Bagger fahrender Philosoph, ohne davon zu wissen. Trotzdem ist Dosenpfand verbraucherunfreundlich.

So denke ich also, während plötzlich ‹Sick of it all› gespielt werden. Geiler Hardcore. Es wird Vollkontakt getanzt. Guter Pogo. Ich bin dabei. Hingabe.

«In the underground, intrigity lies within
in the underground
image doesn't mean a thing ...»

Menschen brechen an Menschen. Man liegt betrunkenen anderen Menschen in den Armen und fremde Körper taumeln durch die Gegend. Überall geballte Fäuste, gen Himmel gereckt. Mittendrin diese kleine Frau, die ich hier noch nie gesehen habe. Ein Skinhead-Girl. Sie trägt kurze blonde Haare zu gammeligen Kaputthosen, einem durchgeschwitzten weißen Unterhemd und fetten Stiefeln. Sie tanzt wie eine Billardkugel. Eckt an, fällt, steht auf, springt mit den Füßen voran zurück in die Tanzmasse. Sie ist klein und wendig und tanzt, als gäbe es kein Morgen und keine Liebe. Sie gefällt mir.

Später dann steht sie allein an der Bar, raucht und trinkt Bier. Ich denke nur, dass ich nicht weiß, wie Anmache geht. Trotzdem versuche ich Kontaktaufnahme.

Stelle mich an die Bar in ihre Nähe, ebenfalls Bier bestellend. Drehe dann 'ne Kippe und tu so, als ob ich in meinen

Hosentaschen nach einem Feuerzeug suche. Die gute alte Feuer-Nummer. Und tatsächlich zündet sie vor meinen Augen mit ihrem Feuerzeug eine Flamme, in die ich meine Zigarette halte und erleichtert inhaliere.

«Danke», flüstere ich. Ihr Blick trifft mich genau in den meinen. Meine Standardanmache geht weiter: «Öfter hier? Hab dich hier noch nie gesehen. Wer bist du?» Und plötzlich führen wir ein Gespräch, denn sie hat auf all meine Zitterversuche reagiert und aus ihr bricht nun ein Wortschwall des Vertrauens.

Sie heißt Paula. Ich sage ihr auch meinen Namen und sie muss erst mal lachen, so wie viele. Valentin ist für 'nen Typen in meinem Alter eine untypische Bezeichnung. Aber so heiße ich halt und irgendwann hört sie auch auf deswegen zu lachen.

Im weiteren Verlauf des Abends heben wir noch anständig viel Bier, rauchen 'ne Menge selbst gedrehter Kippen und freuen uns über den gelungenen DJ-Set aus Punk, Hardcore und Ska.

Wir reden über Politik, Arbeitslosigkeit und bemerken beide, dass unserem Land auf jeden Fall Linksdruck fehlt. Schon mal keine stumpfe Nazibraut, denke ich und freue mich über ihr Lächeln und ihre zärtliche Stimme, die in einem sehr weiblichen Körper zu wohnen scheinen, der nur fassadenmäßig auf hart getrimmt ist.

Wir reden auch über Musik und bemerken massenhaft kulturelle Gleichheiten. Darüber freuen wir uns und betrinken uns fleißig. Außerdem mögen wir ähnliche Filme, die einer gewissen Gewaltdarstellung nicht abgeneigt sind. Paula und ich sind verdammte Realisten.

Der ‹Durchbruch› macht dann irgendwann dicht und das grelle Saallicht aus Neon trübt die Gemüter und will das Publikum vertreiben. Paula sucht ihre Jacke. Als sie vollständig bekleidet vor mir steht und in meinen Augen wohl Angst, sie zu verlieren, sichtbar wird, nimmt sie meine Hand und lädt mich spontan noch zu 'nem Bier bei sich ein. Sie wohnt nicht weit von hier.

Nach viertelstündigem schweigsamem Fußmarsch kommen wir bei ihr an. Ein abgewracktes Mehrfamilienhaus am Rand des Industriegebietes. Da steht ein Auto am Straßenrand mit einem ‹Böhse Onkelz›-Aufkleber.

Ach wie fragil sind doch die Rücklichter deutscher Autos, wenn sie auf englische Springerstiefel treffen. Plexiglas splittert kleinteilig durch die besoffene Nacht.

Gemeinsames Paula-Valentin-Lächeln.

Auf ihrer Wohnungstür steht ‹Heroinspaziert!›. Wir gehen rein und die Skinhead-Girl-Singlewohnung sieht so aus, wie ich sie mir vorstellte. Unaufgeräumt. An den Wänden Poster von Filmen und Bands. In der Küche 'ne Menge nicht gewaschenes Geschirr. Pizzakartons, die mal den schnellen Assi-Snack für zwischendurch beinhaltet haben.

Schön hier. Paula holt Bier aus dem Kühlschrank, gekühltes Flaschenbier. Es wird immer schöner in der Bude der Bezaubernden. Wir trinken und ich sehe mich begeistert um.

Nach minutenlangem Schweigen und Schauen bietet mir Paula an, die Nacht hier zu verbringen. Das kommt mir aus praktischen – meine Wohnung ist in einem anderen Stadtteil – und emotionalen – Paulazauber – Gründen sehr gelegen. Wir gehen ins Schlafzimmer, auch hier herrscht wohnliches Chaos. Auf dem Boden liegen Unterwäscheteile, Essensreste und 'ne Menge Papier in Gestalt von Zeitungen, Briefen, Prospekten, Flugblättern.

Unweit der Grenze des Sonnenaufgangs verfallen wir in tiefe Küsse, die nach einer zauberhaft durchgefickten guten Viertelstunde in einem gemeinsamen Orgasmus gipfeln. Der Auftakt dieser Zusammenkunft hätte perfekter nicht sein können. Ich fühlte mich wie eine kaputtgekitschte Romanfigur von Nicolas Sparks, dem alten Frauenversteher. Normalerweise finde ich solche Gefühle eher abstoßend, aber die Magie, die von Paula auszugehen scheint, bügelt die Atmosphäre so glatt, dass auch Liebe plötzlich wieder zu ertragen war.

Da liegen wir dann, als sich die Nacht zum Tag umgestaltet, ganz zärtlich unter ungewaschenem Stinkebett und ich werde frisch gefickt auf dem Rücken liegend gefragt: «Sag, schläfst du auf deinem Bauch?» Meine Antwort: «Nö!» Ihre Frage daraufhin: «Darf ich es dann tun?» Meine Worte: «Sicha!»

Die Auferstehung der Brachialromantik. Magie in Zimmern, in denen man keine erwartet. Das Beste an Paula ist Paula selbst. Das Beste an uns sind wir zwei. Alles ist von einer Güte und Zärtlichkeit umspielt, die mir die Tränen in die Nähe meiner Augen schiebt.

So begann es also mit Paula, und von diesem Zeitpunkt an führten wir eine spontane und ausfüllende Beziehung. Sie bestand überwiegend aus Kommunikation, Kultur und viel Sex. Wir redeten wirklich viel über unsere Vergangenheit und die unsere Vorstellungen über die Zukunft. Sehr häufig waren wir in Alternativclubs zu Gast und soffen deren Bars leer. Außerdem liebten wir beide Konzerte. Und wenn uns die Leidenschaft überkam, fickten wir, bis es wehtat.

Und es tat häufig mal weh.

Paula war perfekt für mich. Kumpel und Sexpartner in Personalunion. Sie stellte für mich die allumfassende feminine Persönlichkeitsstruktur dar. Wir gingen tief in unseren Gesprächen, und da war noch mehr schutzbedürftige Weiblichkeit in ihr, als ich anfangs vermutete. Aber ich war für sie da, wann immer sie meine Nähe brauchte. Es war ganz anders als mit früheren Partnerinnen, bei denen ich immer dachte, meine Partnerin darf ruhig 'ne eigene Meinung haben, soll aber auch stark genug sein, diese für sich zu behalten.

Jetzt war da Fieber, jeden Tag. Die Allmacht der Liebe und deren Fesseln. Meine Hände gebunden, wie all meine Gedanken. Gebunden an sie. Die eine, die Vollkommene. Paula.

Wir stellten immer mehr Gemeinsamkeiten her und fest. Bier trinken, Zigaretten rauchen. Sich ins Delirium ficken. Sitzen und gucken. Leute beobachten. Schlechte Witze erfinden und schlechte Witze sein.

Auf lovely Paulas Balkon sitzend, hatten wir mal den gemeinsamen Wunsch, ein Gewehr zu besitzen. Einfach aus der Idee heraus, Leute aus dem sichersten aller Hinterhalte heraus zu liquidieren. Peng, der Altnazi von nebenan, peng, die fiese, verbeulte Haushälterin von Paulas Nachbar, Peng, das freche Kind, das andere Kinder anspuckt. Tong,

Schmerz für alle, die nicht sind wie wir. Wir wünschten uns Gewehre, Granaten und Raketen und verbrachten einen wunderbaren Sommer voller kranker Gewaltphantasien. Passanten strandeten vor dem Balkon und jeder, der nicht wir oder zumindest so wirr war, dem war eh nicht zu helfen. These were the times ...

Irgendeinen Mittwoch dann wollte ich sie in ihrer Wohnung besuchen. Als ich ankam, sah ich nur ihre großen verheulten Augen und trat in eine erbärmliche Stimmung ein. Paula saß auf einem Stuhl in der Küche, und aus ihren rot geflennten Augen tropfte salziges Wasser. Die Tränenflut meiner Freundin ließ mich verzweifeln, denn ich kam nicht zu ihr durch. Sie ließ keine Umarmung zu und keinen Trost. Ich versuchte es mit Worten und mit Küssen, aber nichts davon entsprach ihrem Wunsch.

Nach etwa zwei Stunden zermürbender Wartezeit war sie ansprechbar. Zwischen Schluchzen, Weinen und Luftholen hörte ich nun nur: «Ich bin schwanger, scheiße schwanger ... kann kein Kind ... will nicht ...»

Ich war vollständig verwirrt. In einem Augenblick baute sich vor mir die mystische Welt der Vaterwerdung auf, die gleichzeitig von Paula zerstört wurde. Sie war beim Arzt gewesen und für eine offizielle Abtreibung war es bereits zu spät. Ihre Idee war es dann, dass ich die Abtreibung vollziehe – und zwar mit ‚ner Stricknadel. Diese Idee war ja wohl vollständig durchgeknallt.

Ich wollte einfach gehen, aber sie stellte sich mir in den Weg. Sie sagte, sie liebe mich. Unendlich und noch mehr.

Die Sache wäre doch auch in meinem Sinne. So 'ne Scheiße! Abstrakte Verstrickung der Wirklichkeit. In ihren verheulten Augen war aber ein hohes Maß an Liebe zu erkennen. Liebe und Hilflosigkeit. Damit nahm sie mich immer
gefangen und das wusste sie.

Schließlich gab ich nach. Und es folgten ein fragiles Lächeln ihrerseits und Kopfschmerz erzeugende Zweifel meinerseits.

Sie holte aus der Küche die Stricknadel und gab sie mir
in die Hand. Das Ding war ungefähr zwanzig Zentimeter
lang. Damit sollte ich das Zellending herausholen. Wir trafen also die Vorbereitungen für den Eingriff.

Ich ging in die Küche und setzte auf ihrem alten Herd
in einem kaputten Topf Wasser auf. Damit wollte ich die
Nadel desinfizieren, so gut das eben hier möglich war. Paula
legte sich ins Schlafzimmer auf ihre Matratze und zog ihre
Hose aus. Als das Wasser schließlich kochte und ich die
Nadel mehrfach durch die blubbernde Flüssigkeit gezogen
hatte, kam ich zu ihr. Sie lag da, mit gespreizten Beinen,
zitternd und Selbstsicherheit heuchelnd. Ich beugte mich zu
ihr runter. Kniete mich neben sie und sah sie an.

In meinen Augen tausend Fragezeichen, doch sie nickte
und gab damit den Handlungszwang an mich weiter.

Die Nadel war noch lauwarm. Ich steckte sie ihr langsam
in die Vagina und hielt dabei eine Hand auf ihrem Bauch.
Da war es drin, das Zellending. Das schleimige, tranige,
ungenaue Ding.

Ein Basismensch.
Ungeboren,
ungewollt und trotzdem so was von existent.

Millimeter für Millimeter verschwand die warme Nadel in Paulas Unterleib. Sie zuckte, und ich versuchte sie mit der Hand auf dem Bauch zu beruhigen, indem ich sie kreisen ließ. Sie begann leise zu wimmern und zu weinen, und die Nadel ging ihren Weg in sie hinein. Dann plötzlich ein Widerstand.

Ich hatte ihn angestochen, den Embryo.

Sekunden später tropfte zäher, dunkelroter Schleim aus Paulas Mitte. Mir kamen die Tränen, wenige, aber intensiv geweinte.

Die Nadel führende Hand begann zu zittern. Paula huschte ein Lächeln übers Gesicht. Durch ihre Tränenfront war ein erleichterter Gesichtsausdruck zu erkennen, als sie erkannte, dass der Zellenschleim auf ihr ranziges Bettlaken rann. Die gallertartige Masse floss aus ihr heraus. Geburt verhindert. Das sollte ein Mensch werden ...

Vorsichtig entfernte ich die Nadel aus Paulas Genitalien. Wieder nur millimeterweise. Es blutete weiter. Ich holte Handtücher, um die embryonalen Reste damit aufzufangen. Blut sickerte tief ins Laken. Paula war schwach, aber sie lächelte.

Ich holte noch eine Decke und warf sie über Paulas halb nackten, frierenden Körper, sodass nur noch ihr kurzhaariger Schädel sichtbar war. Sie drehte sich auf die Seite. Ich zog mich auch aus und legte mich neben sie. Sie schlief ziemlich schnell ein, und ich legte einen Arm um sie, der ihr meine Liebe versichern sollte. Ihr irgendwas geben, genommen hatte ich schon genug.

In der Nacht bekam Paula Fieber. Sehr hohes Fieber. Ich bekam davon nichts mit. Ich schlief einen traumlosen Schlaf, umhüllt von fieser Finsternis.

Am nächsten Morgen erwachte ich neben Paulas Leiche. Sie war noch warm, aber tot. Gestorben in der Nacht der nachträglichen Empfängnisverhütung. Ich drehte sie um und bemerkte ihre Leblosigkeit. Schockiert stand ich auf. Mein Herzschlag im Kopf.

Panik.

Paula.

Sie war weg. Ihr Blick leer. Kaum noch Farbe. Tot. Tot. Unendlich tot, die Paula. Panisch zog ich mich an und verließ die Wohnung.

Und jetzt sitze ich in meiner Küche und der Moment, in dem ich mein Leben in Richtung Tod schicke, rückt sekündlich näher. Vor mir liegt die kleine Pistole auf dem Tisch, neben der Kaffeetasse, aus der Paula auch schon getrunken hat. Ich habe zwei Menschenleben auf dem Gewissen. Habe meine Liebe und mein entstehendes Kind getötet. Ich war es und auch ich habe nichts anderes verdient als den Tod.

Die Entscheidung ist gefallen. Exekutionskommando nicht aufzuhalten. Innerer Amok und doch keine Angst. Ich halte mir die Knarre an den Kopf, lade sie durch und suche einen Punkt, an dem ich ein Loch reinmachen werde, damit mein Leben aus mir rauslaufen kann. Die waffenführende Hand ist unsicher, wo sie die Pistole positionieren soll, und zittert.

Ich entscheide mich dann doch für eine Stelle. Schläfenkontakt. Metall trifft Haut.

Abzug.

Ein Geschoss gewährt sich Schädel splitternd Einlass in mein Innerstes. Ich bemerke, wie die Kugel auf der anderen Seite, ebenfalls Knochen durchdringend, wieder austritt. Ich habe mich entschlossen.

Ich habe mich erschossen ...

... und bemerke, wie ich vom Stuhl falle. Ich spüre Blut aus meinem Kopf laufen. Es wird dunkel, aber mein Bewusstsein erlischt nicht. Ich pralle auf den Küchenboden und empfinde sogar noch Schmerz. Hinter den Augen ist der Schmerz und überall im Kopf. Auf dem Weg in den Himmel. Süße Ohnmacht befällt mich.

Als ich wach werde, spüre ich eine Hand an meiner Stirn. Die Hand Gottes, die mich zu besänftigen versucht? Ich hoffe auf einen Himmel voller Güte und auf Verzeihung meiner Taten. Dann höre ich die Stimme meiner Mutter. Wie kommt die denn hierher? Bin ich gar nicht tot? Ich fühle mich lebendig, von schwärzester Farbe umkleckert. Unangenehmer als das Sterben selbst.

Dann die Gewissheit: Existenz, Atem, Herzschlag: alles da.

Scheiße.

Mutters Stimme obendrein.

Sie erzählt mir, dass mein Suizidversuch fehlgeschlagen ist, ich aber blind bin. Die Pistole zu weit vorn am Schädel angesetzt und lediglich die Sehnerven durchschossen.

Die Aussicht auf Erlösung ist mir vorerst genommen und ich bin wieder Mutters Kind. Mir fehlen Paula und der unfertige Mensch. Beide habe ich getötet.

In mir geht ein wirrer Emotionsextremismus ab und meine Wut manifestiert sich schließlich in unsichtbaren Tränen.

Ungeborene Gedanken

Da war es. Samenzelle, Eizelle, Unity.
Ich entstand.
Im Quellwasser des Lebens.
Hineingeschleudert.
Die Wahrnehmung auf dem Nullpunkt.

Es wuchs.
Ich heran.
Am Leben teilzunehmen. Lieber nicht. Noch eine Warnung, ausgeschlagen. Ich hatte schon Arme und Beine.

Nur zu sein, ist doch das Allerschönste. Lediglich lieblich zu schwelgen.
Fruchtwasserbar.
Zweimal bitte, aber mit Eis und Drama.
Kommt sofort. Danke. Bitte.

Ein Gefühl von Mütterlichkeit.
Die Plattheit des Daseins ist schon viele Stunden alt.
Die Zusammenfügung von Ernährung und Bewusstsein.

Gewollt sein?
Willkommen sein?
Echt sein?
Werde ich eine Ausbildungsstelle bekommen?
Ich mache mir Sorgen und lache mich aus ...

Meine Eltern.

Wind und Wetter.

Alles Liebe.

Die Innenansicht meiner Mutter sieht ein wenig kaputt aus in den letzten Tagen.

Der Schwanz meines Vaters klopft an meinen Kopf.

Kann ich das umkrempeln?

Die Mutter nach innen ziehen, mich nach außen? Mal kurz von der Welt kosten?

Die Zunge in die Tragik stecken?

Ne, doch nicht.

Lieber zurück.

Der Lärm da draußen. Nichts für Ungeborenheit. This place is hardcore. Ich bin die nackte Unbekümmertheit.

Lasst mich hier drin!

Ärzte und Mütter.

Lasst mich denken!

Nur denken.

Nie will ich handeln. Nichts wissen, außer das hier.

Was ich sehen kann, ist toll, reicht voll und ist so, wie es sein soll. Die menschliche Verpflichtungslosigkeit. Heute habe ich meine Mutter weinen hören.

Aaahhh, aaahhh, aaahhh! Ein Fremdkörper quer in meinem Hals. Unter Ausschluss der Öffentlichkeit wird mein Dasein revidiert.

Als ich beginne, kommt da ein Ende.

Frontal.

Ein Ding, zur Auslöschung benutzt.

Es ist desinfiziert.

Warum wird die Todesspritze desinfiziert?

Seele brennt.

Ich bin schon eingestürzt.

Man hat es mir genommen, bevor ich es bekam: das verdammte Leben. Ach, wer braucht denn schon ein Leben?

Am Ende bin ich noch als Saft auf einem Laken. Da ist dann Licht und sonst nichts außer Ausgang.

Kein erhabenes Irgendwas.

Selbstbezichtigungsschreiben

Die Welt ist so klein. Jeder kennt jeden. Es ist ein Dilemma. Die Menschen wachsen. Ihre Gehirne sind nicht mehr imstande, all das zu kontrollieren.

Ich habe es getan. Dokumentation der Neuzeit. Ich bin der Täter. Ich bin das Kind.

Neu, gierig und naiv.

So, liebe Mäusekinder, das war die Geschichte. Und jetzt alle husch, husch ins warme Bettchen. Morgen ist auch noch ein Tag. Zumindest steht das auf diesem dummen Kalender, der einfach nicht anhalten will.

Eins noch:
Ach, nichts.

Ich danke:
Mir selbst.

Aber auch: Lesern und Bücherregalbesitzern. Und außerdem: Verstehern und Miss-Verständigen. Blickern und Blinden. Kaputten und Fertigen.

Und jetzt alle: WEITERMACHEN!!!

Weitere Titel des Autors
und aus unserem
Verlagsprogramm finden Sie auf
den folgenden Seiten!

www.ubooksshop.de
www.ubooks.de

ANTI-POP

ÜBER 10.000 VERKAUFT!

DIRK BERNEMANN: ICH HAB DIE UNSCHULD KOTZEN SEHEN

Dirk Bernemann
Ich hab die Unschuld kotzen sehen
Erfolgreicher Erstling der Anti-Pop-Reihe
TB 12 x 18 cm, 128 Seiten
erschienen 2005, vierte Auflage erhältlich
ISBN-10: 3-937536-59-0
ISBN-13: 978-3-937536-59-0
VK: 9,95 Euro

«Guten Tag, die Welt liegt in Trümmern», lautet die Begrüßung des Autors, bevor er einen hinabreißt in die Abgründe einer Welt, die in uns etwas zum Klingen bringt, denn sie ist uns sehr vertraut. Es ist unsere Welt!

Wenn man Bernemanns Buch liest, kommt es einem vor, als hätte man uns endlich die rosa Brille abgenommen, ja vom Kopf geprügelt. In einer poetischen Klarheit zelebriert er ein Massaker des Lebens, das fasziniert, um gleichzeitig abzustoßen.

Seine Protagonisten schickt er in emotionale Ausnahmezustände und mit makabrem Humor berichtet er von den Kollateralschäden in der Welt.

Gekonnt arbeitet er mit Sprache, die selbst Ausdruck der Zerrissenheit und Ambivalenz der Protagonisten wird.

Die einzelnen Episoden des Buches fügen sich am Ende zu einem Werk zusammen, das größer ist als die Summe seiner Teile. Wie in Quentin Tarantinos „Pulp Fiction" reihen sich scheinbar zufällige Ereignisse aneinander. Erst langsam kommt man dahinter, dass man den Charakter der zweiten Geschichte bereits in der ersten Geschichte kurz 'gesehen' hat. So spinnt sich ein roter Faden durch die Gesellschaftsstudie – und es ist schnell klar, dass Blut den Faden so rot schimmern lässt.

«Faszinierend, eine interessante Gesellschaftsstudie ... Das Buch lässt niemanden unberührt. Garantiert!» **Schwäbische Zeitung, Blog**

«... sprachlich stark.» **Augsburger Allgemeine Zeitung**

«Genial gemacht!» **gothicparadise.de**

«Herr Bernemann hat es mit diesem kleinen Realitätssexkurs einfach auf den Punkt gebracht.» **Zuckerkick**

«Dirk Bernemann ist Bukowskis ehrenvoller Nachfolger!» **Sammlerecke, Uwe Lochmann**

«Was liest der Serienmörder vor dem Einschlafen? Welches Handbuch für Psychopathen gehört in die Bibliothek jeder forensischen Klinik? Die Antwort könnte dieses Buch sein. [...] Ich konnte es nicht ertragen.» **Gothic-Magazine**

«Literatur eines noch mit Idealen bestückten Weltverbesserers mit stark resignativen Tendenzen, an dieser, seiner Welt verzweifelnd und sich trotzdem oder gerade deshalb weiter auflehnend, ist vielleicht eine der Umschreibungen von Bernemanns Buch.» **Orkus**

«Lesenswert!» **jetzt.de**

```
BUCH       lt. Leserumfrage
DES JAHRES 2006    im Orkus-Magazin
```

T-Shirts, Tassen, Taschen, limitierte Sonderausgaben und signierte Bücher findet Ihr direkt beim Verlag! Dazu das komplette Programm und topaktuelle Neuigkeiten!

  www.ubooksshop.de

Vergesst nicht, unseren Newsletter zu abonnieren! Damit seid Ihr immer auf dem Laufenden und erfahrt von Sonderaktionen und Preissenkungen als Erste!

ANDREAS KURZ: DAS VERDAMMTE GLÜCK

ANTI-POP

MEHRFACH AUSGEZEICHNET!

«Das Glück war fett, eine große Sau, es leuchtete strahlend ... und wir taumelten alle auf die Straße wie Idioten. Gehetzt sah es aus, wie auf der Flucht ...»

Wenn das Glück auf der Flucht ist, beginnt für uns die Jagdsaison. Jeder will schließlich etwas von ihm abhaben, und wenn's nur der Zipfel ist. Da darf man nicht allzu wählerisch sein. Doch was ist schon Glück?

Sicher ist es nicht der romantische Abend mit der Traumfrau, die nur in den Werbepausen eines uralten Spielfilms geküsst werden will. Oder die zweifelhafte Möglichkeit, ausgerechnet von einer Behörde ein besseres Leben geschenkt zu bekommen.

Dann schon lieber die fetten Träume der anderen vom Asphalt kratzen oder seinen Sorgen mal so richtig in den Hintern treten.

Andreas Kurz, bereits mehrfach mit Literaturpreisen ausgezeichneter Autor, führt uns in seinen absurd komischen Geschichten an die Abgründe des Alltags und oft ein kleines bisschen weiter ...
Darüber hinaus wurde Andreas Kurz im Rahmen der Frankfurter Buchmesse 2006 von Eichborn geehrt. Sein Werk wurde aus rund 600 Manuskripten ausgewählt und machte schließlich das Rennen.

Andreas Kurz
Das verdammte Glück
Sarkastisch-humorvolle Sammlung
TB 12 x 16 cm, 120 Seiten
erschienen Oktober 2006
ISBN-10: 3-86608-039-5
ISBN-13: 978-3-86608-039-3
VK: 9,95 Euro

LESEPROBE: GUTEN MORGEN, LIEBE SORGEN

Die Sorge war wieder da. Sie stand vor der Tür und klopfte. «Mach auf, ich will zu dir!», jammerte sie, und ihre spitzen Knöchelchen pochten gegen das Holz. «Hau ab!», schrie ich durch die Tür. «Ich bin nicht da.»
Da kicherte die Sorge und sagte: «Doch, doch, du bist schon da. Mach die Tür auf, damit ich dich umarmen kann!»
Sorgen sind widerlich. Wenn sie dich erst einmal ganz umarmt haben, gehörst du ihnen. Doch manchen Sorgen genügt das nicht, sie wollen einen auch küssen, Zungenküsse, Sorgenzungenküsse. Sie wollen alles, dein Herz, deine Seele. Sie greifen nach deinem Geschlecht und bieten sich dir an. «Fick mich!», rufen sie. «Fick deine Sorgen, gib alles ... und denk an nichts anderes mehr!»
Ich glaube nicht, dass die Sorge, die dieses Mal vor meiner Tür stand, klopfte und klopfte, jammerte, heulte und quatschte, eine jener Sorgen war, die geknutscht und gefickt und geschwängert werden wollten, auf dass sie neue Sorgen gebären konnten, immer neue Sorgen.
Ich riss die Tür auf und schrie hinaus: «Verpiss dich, du scheiß Sorge, ich will dich nicht!»
Da sah ich erst, wie klein die Sorge war, wie sie zusammenschrak und für einen Moment ihr Maul hielt. Ich nutzte die Gelegenheit und verpasste ihr eine auf ihre kleinen spitzen Zähnchen. Diese Zähnchen, mit denen die Sorgen immer an einem nagen. Sie taumelte, und ich sah ihren fetten Hintern, breit und weich und wabbelig, ein Sorgenhintern, in den man einfach treten muss.
Das tat ich.
Die Sorge polterte die Treppe hinunter, und ich schlug die Tür wieder zu, hängte die Kette ein und fühlte mich besser.

Jahrgang 57, Ausbildung zum Grafik-Designer in München an der Akademie für das grafische Gewerbe. Danach mehrere Jahre in Werbeagenturen, später selbstständig als Grafiker, Illustrator und Texter. Viele Veröffentlichungen in Zeitschriften, auch Buchillustrationen.
Einige eigene Cartoon-Bücher und so genannte Geschenkbücher mit Texten und Fotografien. Immer wieder auch Drehbücher für Industrie und Fernsehen, Tätigkeit als Redakteur und Kameramann. Eigene Regiearbeiten und einige Jahre stellvertretender Chefredakteur und Redaktionsleiter eines Fernsehmagazins.
Heute wieder freiberuflich als Zeichner und Autor.

KURZINFO

- 1. Platz beim sinn-bar Schreibwettbewerb
- 1. Platz beim Menülesungswettbewerb
- 1. Platz Literaturwettbewerb Trier
- Jetzt.de: 1 von 5 ausgezeichneten Stories
- Autor steht für Lesungen zur Verfügung. Bei Interesse wenden Sie sich bitte direkt an den Verlag unter 0821/4440682 oder per E-Mail an info@ubooks.de

WWW.ANDREAS-KURZ.EU

ANTI-POP

HERBST SCHWERPUNKT

Natascha
Seelenficker
Tagebuchroman vom Drogenstrich
TB 12 x 18 cm, 128 Seiten
1. Auflage ab Ende September 2007
ISBN-10: 3-86608-068-8
ISBN-13: 978-3-86608-068-3
VK: 9,95 Euro

NATASCHA: SEELENFICKER

«Ich habe mir immer gedacht, wenn ich Drogen nehme, dann können sie ruhig meinen Körper ficken, dann sollen sie mit mir machen, was sie wollen. Denn ich hasse meinen Körper, der ist so fett und hässlich und unförmig und sowieso habe ich es nicht besser verdient.
Doch in den Momenten, wenn die Drogen aufhören zu wirken, merke ich, dass die Leute auch meine Seele ficken. Das tut weh, nein, mehr noch, das zerstört, ohne zu zerstören, man bleibt übrig und weiß, dass man kaputt ist, unheilbar, und dass man damit leben muss ...»

Gerade volljährig geworden, erzählt die Autorin von ihrer Kindheit im Heim, von den ersten Drogen mit zwölf und dem Drogenstrich, dem harten Leben zwischen Freiern, Zuhältern, Dealern und der Schule.
Ungeschönt, unerbittlich ehrlich zeigt sie uns, wie das Leben in Deutschland auch aussehen kann, fernab von Behaglichkeit und Familie.

Die moderne Variante von «Christiane F.»

LESEPROBE (unlektoriert):

Es wäre schön, wenn die Welt nicht so ist, wie sie nun einmal ist. Es wäre schön, wenn man die Augen zumacht und sich etwas ganz stark wünscht, dass es in Erfüllung geht. Doch die Wahrheit ist, das Leben ist einfach nicht so. Das Leben ist anders.
Ich habe vor einigen Jahren aufgehört, mich zu fragen, warum ausgerechnet ich? Nicht, weil ich diese Frage nicht mehr stellen wollte – ich war erst abgelenkt, dann habe ich vergessen, danach zu fragen. Ich glaube, da war ich dreizehn.
Genau vor einem Jahr habe ich einen Abschiedsbrief geschrieben. Ich habe mich bemüht, den Brief in schöner Schrift zu schreiben, denn meine Mutter kann meine Schrift normalerweise nicht lesen.
Ich habe den Brief in der Küche auf den Tisch gelegt. Sie hat den Brief gefunden, aber sie dachte, eine Freundin hätte ihn mir gegeben, denn das war ja nicht meine Schrift.
Meine Mutter merkt solche Dinge einfach nicht. Sie merkt eigentlich nie etwas. Mit einer Ausnahme: Wenn das Geld mal wieder knapp wird, bemerkt sie, dass ich eine fette, hässliche, teure und ungewollte Fotze bin, die ihr die Haare vom Kopf frisst und die ihren liebenden Ehemann vergrault hat. Das passiert zum Beispiel beim Abendessen oder wenn ich versuche, klarzukommen, um Hausaufgaben zu machen.
Ob das stimmt, was sie sagt? Ich glaube schon. Schließlich ist sie meine Mutti, moje maminka.
Aber ich weiß auch ohne sie, dass ich fett und hässlich bin. Und eine dumme Fotze sowieso, war ich schon immer.
Das sagen alle, die ich kenne. Und die, die es nicht sagen, bezahlen mich schlecht ... was dann genau das Gleiche ist. Ich meine, wenn ich nicht fett und hässlich wäre, dann müssten mir die Typen doch einfach mehr Geld geben, weil sie dann sagen würden: Hey, die ist süß und schlank und sexy. Der gebe ich mehr!
Ich muss mich anders hinlegen, meine Schulter fühlt sich komisch an. Es könnten Schmerzen sein. Ich weiß es nicht, denn ich bin auf Drogen. Da spürt man keine Schmerzen. Oder tut es doch weh? Schmerzen sind nicht gut. Nein, Schmerzen sind nicht gut. Wenn ich Präsidentin wäre, ich würde Schmerzen verbieten. Keine Schmerzen mehr auf dieser Welt, nie wieder! Schmerzen tun weh, da muss man weinen. Ich muss auch gleich weinen, wenn ich so liegen bleibe. Aber ihm ist es egal. Er hört nicht auf mich.

KURZINFO

- PR- und Werbeschwerpunkt zur Buchmesse Frankfurt 2007
- Anzeigenschaltung in allen wichtigen Medien
- Vorabdrucke in Zeitschriften geplant
- Basierend auf wahren Begebenheiten

WWW.UBOOKS.DE

Der Roman basiert in weiten Teilen auf autobiographischen Erlebnissen der Autorin. Geboren 1988, wuchs sie irgendwo zwischen Heim, Mutter, Stiefvater und der Straße auf. Am zwölften Geburtstag begann ihre Drogenkarriere und damit kurze Zeit später auch die Beschaffungskriminalität.
Der Babystrich wurde zu ihrer Heimat. Verzweifelt suchte sie nach einem Ausweg. Zwei fehlgeschlagene Schwangerschaften, einen Selbstmordversuch und zahllose Freier später hat sie das schier Unmögliche geschafft.
Derzeit macht die Autorin ihr Abitur und hat sogar Aussicht auf eine Lehrstelle.
Das Buch schrieb sie, um das «wohl längste Kapitel» ihres Lebens abzuschließen.

CELEBRITIES

WERBESCHWERPUNKT

ALAN PARKER: SID VICIOUS – TOO FAST TO LIVE ...

Die offizielle und umfassende Biografie des enfants terrible des Punk, Sid Vicious. Alan Parker, eine Ikone des Musikjournalismus, hat sich des Themas mit Unterstützung von Sids Mutter angenommen. Das Ergebnis ist ein offenes, ehrliches und schockierendes Zeugnis der Punk-Ära und einer ihrer größten Stars.
Diese Biografie enthüllt auch erstmals die Geschehnisse im Zimmer des Chelsea Hotels in den frühen Morgenstunden des 12. Oktober 1978, als Nancy unter mysteriösen Umständen starb.

Illustriert mit rund 70 zum Teil unveröffentlichten Fotografien von Sid Vicious und den Sex Pistols, darunter Bilder von Dennis Morris, Bob Gruen und Roberta Bayley.

«Alan Parker erinnert sich an mehr aus dem Leben und Wirken der SEX PISTOLS, als ich vergessen habe.» Steve Jones, Sex Pistols

«Als langjähriger Fan habe ich einige Bücher über die Pistols, bzw. Sid. Aber dieses Buch ist erfrischend anders! Über Jahre wurden immer die gleichen Geschichten wieder aufgewärmt. Dieses Buch hat eine andere Herangehensweise. Ich mag die Art, wie Sids Mutter ihre Sicht der Dinge erläutert. Dazu die zahlreichen raren/unveröffentlichten Fotos und die neuen Einblicke in Nancys Todesumstände ... Alan Parker ist offensichtlich auch ein Fan, und wenn du einer bist, wirst du das Buch lieben!» Amazon Kundenrezension

«NME Book of the year 2004»

Alan Parker
Sid Vicious – Too fast to live ...
Deutsche Erstveröffentlichung mit rund 70 Fotos
TB 15 x 21 cm, 144 Seiten
1. Auflage ab Mitte Februar 2007
ISBN-10: 3-86608-055-7
ISBN-13: 978-3-86608-055-3
VK: 14,95 Euro

In jungen Jahren schrieb Alan Parker für das «Spiral Scratch» Magazin, als Anne Beverley (Sids Mutter) mit ihm in Kontakt trat, um gemeinsam an einem Buch über ihren Sohn zu arbeiten. Trotz einiger Biografien, die in den Jahren über die Sex Pistols und Sid Vicious erschienen sind, ist Alan Parker der einzige Biograf, der Kontakt zu Sids Familie hatte.
In den folgenden Jahren arbeitete er unter anderem als Script Coordinator an dem Film «Sid & Nancy» oder wirkte an der DVD Veröffentlichung «Classic Albums: Never mind the Bollocks» mit.

KURZINFO

- Offizielle Biografie über das Leben vor, während und nach den Sex Pistols
- Viele sagen, mit seinem Einstieg bei den Sex Pistols begann die Hochzeit des Punk ... vor genau 30 Jahren!
- Zahlreiche unveröffentlichte Fotos, darunter Konzertfotos, Backstage, Sid & Nancy u. v. m.
- Werbeschwerpunkt, Kooperationen mit Musikmagazinen und Tagespresse

WWW.UBOOKS.DE

BILDBÄNDE

DER KULT AUS NORWEGEN

Lise Myhre
Nemi
Band 1 der Comic-Dame mit 255 Strips
Hardcover 17 x 24 cm, 144 Seiten
erschienen 2006, bereits erhältlich
ISBN-10: 3-86608-045-X
ISBN-13: 978-3-86608-045-4
VK: 19,95 Euro

LISE MYHRE: NEMI – BAND 1

Nemi ist die Comic-Ikone aus Norwegen. Und sie ist anders als die übrigen Comic-Strip-Figuren: Sie hat Spaß an Männern, liebt Essen, Ausschlafen, Partys, Alkohol, Tiere und Musik – kurz: sie ist ein richtiger Wildfang. Außerdem ist sie ein Dickkopf, der lieber erst mal mit dem Kopf durch die Wand will, bevor er vielleicht zugibt, dass er im Unrecht war.

Sie schwebt mit ihrem Kopf hoch in den Wolken und will niemals erwachsen werden. Und genau deshalb geht sie uns so nah, wünschen wir uns Nemi als Freundin, wünschen wir uns selbst, ein wenig mehr wie Nemi zu sein! Wir lachen mit ihr und über sie, über ihre Sicht der Welt und über ihre liebenswürdigen Schwächen.

In Norwegen unterhält Nemi derzeit monatlich 70.000 Leser mit ihrem eigenen Magazin und täglich erscheinen ihre Comic-Strips in den größten Tageszeitungen des Landes. Aber auch in Schweden, Finnland und Großbritannien ist Nemi schon ein Star – und jetzt kommt Deutschland!

«Ein Schmuckstück! Nemi ist eine echte Persönlichkeit!» **Gothic-Magazine**

«Unterhaltsam. Die kultige Göre lässt niemanden wieder los ...» **Andrea Göbel, German Rock News**

«Erlesene Comics: Nemi!» **SpielXpress**

«Gigantisch schenkelklopfend!» **underground-empire.de**

«Stets witzig! Wegweisend!» **metal.de**

«Dem Leser werden die Gags um die Ohren gefetzt. Es lohnt sich!» **adl.at**

KURZINFO

- Nemis Comicstrips finden sich in rund 300 Zeitungen und Magazinen, die bekannteste Comicfigur Norwegens
- Den Kalender zu Nemi finden Sie auf S. 18
- Eigene, gut besuchte deutsche Webseite
- Buchmesse Highlight 2006 & 2007

WWW.NEMI-ONLINE.DE

Lise Myhre – Jahrgang 1975 – studierte einige Semester Grafikdesign am Santa Monica College of Art, Californien, bevor sie sich entschloss, nach Oslo zu ziehen und sich dort als Künstlerin zu versuchen. 1997 erschuf sie Nemi. Der erste Strip über das Mädchen, mit dem Kopf voller verrückter Einfälle, erschien in Gary Larsons 'Far Side Magazine'.
Nur zwei Jahre später gab es bereits einen täglich erscheinenden Comic in der zweitgrößten Tageszeitung Norwegens. Nemis Erfolg wiederholt sich mittlerweile auch in anderen Ländern.

BILDBÄNDE
KONTROVERSE KUNST

THOMAS VAN DE SCHECK: H.E.L.P. – HELL ENTERS LIFE PERMANENTLY

Die Hölle, das sind die anderen, pflegte Satre zu sagen. Der Fotograf Thomas van de Scheck dreht diese Erkenntnis für seinen neuen Bildband um: Die Hölle, das sind wir! Wir sind unsere eigene Hölle und egal, ob wir es akzeptieren oder nicht, in dieser Hölle leben wir.

Gekonnt inszeniert van de Scheck die unschönen Seiten des Lebens mit einer ihm eigenen Ästhetik, dass man immer wieder auf die Bilder blickt und sich fragt, warum der Ekel nicht die Oberhand gewinnt ...

Fetisch und das Spiel mit den Extremen sind dem Fotografen wichtig, seine Bildkompositionen laden ein zum Schmunzeln, Lachen oder zum Nachdenken. Ob er mit seinem zweiten Bildband anecken wird? Selbstverständlich! Und doch bleiben die Bilder wertvoll, erotisch, anziehend und sinnlich, denn schließlich zeigen sie uns, zeigen sie die Hölle in uns, zeigen sie die Hölle, die wir sind!

Mit einem Vorwort von Skin Two-Chefredakteur Tony Mitchell!

«Gekonnt inszeniert!» **Schlagzeilen**

«Fetisch-Style und -Mode sind nicht jedermanns Sache, doch van de Schecks Inszenierungen können wegen einer gewissen Ironie auch Szenefremde begeistern.» **NEWS-Frankfurt**

«Eine Wohltat im Bereich der oft bierernsten und pseudoschockierenden Fetisch-Photografie, erschafft van de Scheck mit seinen ausdrucksstarken Bildern kleine Kunstwerke, detailverliebte Aufnahmen, die nicht nur zum Nachdenken anregen, sondern auch dazu einladen, immer und immer wieder betrachtet zu werden.» **Orkus**

«Seine Bilder werden Anstoß erregen. Trotzdem sind sie anziehend, sinnlich und wertvoll.» **Adam**

«Der Bildband belegt das Ausnahmetalent von Thomas van de Scheck» **gothicparadise.de**

«Van de Scheck begins where other photographers leave off.» **Skin Two**

«Und dann geht die Reise bereits los in eine abstrakte, skurrile Welt, die zum Nachdenken anregt - und zum Schmunzeln und Lachen. Richtig gelesen, es werden nicht nur ernste Themen behandelt, neben den berühmt-berüchtigten Kompositionen aus Schmerz, Blut und Leid, die den Betrachter wie einen Voyeur, herabblickend auf die Abgründe der menschlichen Seele, dastehen lassen.» **mindbreed.de**

Thomas van de Scheck
H.E.L.P.
Rund 80 erotische, humorvolle Fotografien
Hardcover 22 x 28 cm, 128 Seiten
bereits erhältlich
ISBN-10: 3-86608-050-6
ISBN-13: 978-3-86608-050-8
VK: 34,80 Euro

→ AUSWAHLTITEL DES DEUTSCHEN FOTOBUCHPREISES 2008 / 2007

Geboren in Ägypten 1965, folgten nach der Ausbildung zum Lithografen einige Jobs beim Radio sowie als Musiker. Als Texter und Autor, u. a. für Marie Claire, brach die Liebe zur Kunst, zur Inszenierung durch.

Zahlreiche Ausstellungen und unzählige Fotoarbeiten für Fetischlabels und Zeitschriften machen ihn zu einem der wichtigsten Ideengeber der Fetisch- und Gothic-Szene. Seine provokativen, aber auch humorvollen Kompositionen sind eine Tour de Force, genial und einzig, aber nie artig - H.E.L.P. ist sein zweiter Bildband, nach CUTS, welcher es in die Auswahlliste zum deutschen Fotobuchpreis schaffte.

KURZINFO

- Zahlreiche Ausstellungen, u. a. in Wien und Leipzig zu diesem Titel
- Auswahltitel des Deutschen Fotobuchpreises 2006/07 und Teilnehmer an der Wanderausstellung
- Zahlreiche Cover, u.a. von Gothic, Private, Schlagzeilen, Dark Spy u.v.a.
- Zahlreiche CD Cover & Fashion-Shoots

WWW.TVDS.DE

ULLI SCHWAN: DER IRIL-KONFLIKT

Seit Jahrhunderten regieren die Merdianer ein gewaltiges Sternenreich. Nur das legendäre Nomadenvolk der Iril konnten sie noch nicht unterwerfen. Als jedoch ein havariertes Schiff der Iril gefunden wird, sehen die Merdianer ihre Zeit gekommen: Endlich werden sie das Geheimnis der Iril-Technologie lüften und somit die Freiheit der Iril beenden.

In diesen Konflikt geraten Blaine DeVere, seine Schwester Scyna und ihr Pilot Ega Rix; Glücksritter, die mit List und Unverfrorenheit ihren Weg jenseits der Legalität finden. Sie wittern eine Chance auf schnelles Geld und bieten den Iril an, die aus dem Wrack gestohlene Technologie wiederzubeschaffen. Zu spät erkennen sie, dass sie sich in ein lebensgefährliches Wettrennen liefern mit den Agenten des mächtigsten Reiches – und einem mysteriösen Orden, der an den Iril Rache nehmen will.

Als die Merdianer in den Besitz der Iril-Technologie gelangen, droht der Konflikt zu eskalieren. Doch nicht Kriegsschiffe und Staatsmänner werden über die Zukunft entscheiden, sondern die kleine Gruppe von Trickbetrügern um Blaine DeVere. Am Vorabend des Krieges führen die Trickser einen spektakulären Raubzug, um das Wettrennen zwischen Unterdrückung und Freiheit zu entscheiden.

Ulli Schwan
Der Iril-Konflikt
Erster Roman des Trickser-Zyklus
TB 13,5 × 21 cm, 280 Seiten
1. Auflage ab Mitte März 2007
ISBN-10: 3-86608-056-5
ISBN-13: 978-3-86608-056-0
VK: 13,90 Euro

«Dieses Werk überzeugte uns davon, dass Ubooks eine Science-Fiction Rubrik benötigt!» Andreas Köglewitz

«Der Auftakt zu einer wahrhaft galaktischen Saga – gleichzeitig aber ein verdammt spannender Abenteuer-Roman ... Als begleite man Han Solo auf seinen Abenteuern, bevor er auf Luke Skywalker trifft!»

«Einfallsreich, gewitzt und toll geschrieben. Kurzweilige Unterhaltung für die Fans von Weltraum Science-Fiction und tollkühnen Abenteuern!»

Ulli Schwan und der Illustrator Martin Schlierkamp (Bild) kennen sich schon lange, und als die Gestaltung des Umschlages für den «Trickser-Zyklus» anstand, war die Entscheidung leicht, wer das übernehmen sollte. Der 1972 geborene Schlierkamp hat an der FH Düsseldorf Visuelle Kommunikation erfolgreich studiert und kann bisher eine beeindruckende Referenzliste vorweisen. Unter anderem die Mitarbeit an dem Kinofilm «Das kleine Arschloch und der alte Sack» (Set-Design), oder die Gestaltung der Online-Kampagne zur zweiten Staffel des ProSieben Serienerfolgs «Lost». Für seinen Comic «Schiller!» ist er 2006 für den Max und Moritz Preis nominiert worden.

KURZINFO

- Umschlaggestaltung im klassischen Stil der großen Science-Fiction Illustrationen, von Martin Schlierkamp
- Für diesen Zyklus hat Ubooks eigens die neue Rubrik «Science Fiction» eingerichtet
- Poster & Werbematerial zu beziehen unter info@ubooks.de oder telefonisch: 0821/ 444 06 82

WWW.UBOOKS.DE

BILDBÄNDE

NEU IM PROGRAMM

TIMO DENZ: FAERIES & FIENDS

Egal, wie wir sie nennen, ob Feen oder Elfen, wir alle haben sofort Bilder im Kopf, wie diese Wesen wohl aussehen. Sofort geraten wir ins Träumen. Sie begleiteten uns in den Märchen unserer Kindheit, tauchten immer wieder in Filmen auf und sind uns vertrauter, als wir wahrscheinlich auf den ersten Blick glauben.

Timo Denz widmet sich in seinem neuen Werk ausschließlich diesen lieblichen, sanften, kindischen und manchmal auch boshaften Wesen. Es sind eigensinnige Geschöpfe mit einer für uns Menschen schwer nachvollziehbaren Moral, die scheu ihr Leben leben und uns nur selten Einblick gewähren. Dank der einzigartigen Bearbeitung durch die Illustratorin Corinna Schwerdtfeger und dem hochwertigen Farbdruck mit Silberveredelung schafft es das Buch mühelos, dass man die Zeit vergisst, und mit den Elfen träumt.

Timo Denz
Faeries & Fiends
111 Fotografien zu Elfen, Feen und Traumwesen
Hardcover 28 x 22 cm Panoramaformat, 128 Seiten
erschienen November 2008, erhältlich
ISBN-10: 3-86608-051-4
ISBN-13: 978-3-86608-051-5
VK: 39,95 Euro

«Die Photographien strahlen eine ganz eigene, subtile Sinnlichkeit aus, die das Betrachten der Bilder im extrabreiten Großformat zu einem himmlischen Vergnügen werden lässt. Keine Frage, der Anblick dieser ätherischen, sinnlichen Geschöpfe wird Euch den Alltag versüßen – selten wurde diesen magischen Wesen der Natur ein solch ästhetisches und faszinierendes Denkmal gesetzt.» Orkus

Timo Denz, 1977 in Eschweiler geboren, studierta 1998–2002 Kommunikationsdesign mit Schwerpunkt Photodesign in Stuttgart und arbeitet derzeit hauptberuflich als Grafikdesigner in einer Werbeagentur. Durch seine Veröffentlichungen «Modern Times Witches» sowie dem ausgefallenen «Freakshow Diary» konnte Denz unter Beweis stellen, dass es kaum ein anderer so wie er vermag, tiefe und erzählende Bilder mit einer subtilen Erotik zu verbinden, die zu keiner Zeit aufdringlich oder aufgesetzt wirkt. Zahlreiche Arbeiten für Magazine wie Orkus, Astan, Sonic Seducer sowie die regelmäßigen Ausstellungen unterstreichen seinen Stellenwert als Fotograf und Künstler.

KURZINFO

- Zahlreiche Mottopartys zum Thema, mit Ausstellung
- Hochwertigste Verarbeitung: durchgängig 5-Farbdruck, Coververedelung mit partiellem Lack, Panoramaformat
- Passende Kalenderreihe (siehe Seite 22) in entsprechend hochwertiger Aufmachung

WWW.TIMODENZ.COM

U | Books Magazin

Der Verlag für Literatur jenseits des Alltägliche

FAERIES & FIENDS

Timo Denz hat die Elfen mit seiner Kamera aufgespürt!

SID VICIOUS

Die Biografie der Punklegende mit unveröffentlichten Fotos!

ICH HAB DIE UNSCHULD ...

Dirk Bernemann ist zurück mit dem Nachfolger zu seinem Bestseller!

MAGIE DER HEXEN

Claire legt ein umfassendes Werk über die Magie der Hexen vor

DIE VERBOTENEN FRÜCHTE ...

Neuentdeckung Lilian Green mit ihrer ersten erotischen Sammlung!

DAS UBOOKS-MAGAZIN IMMER IM JANUAR & JUNI!